DU MÊME AUTEUR

Mon cheval pour un royaume, Éditions du Jour, 1967 ;
Leméac, 1987

Jimmy, Éditions du Jour, 1969 ; Leméac, 1978 ; Babel, 1999

Le Cœur de la baleine bleue, Éditions du Jour, 1970 ;
Bibliothèque québécoise, 1987

Faites de beaux rêves, L'Actuelle, 1974 ; Bibliothèque
québécoise, 1988

Les Grandes Marées, Leméac, 1978 ; Babel, 1995

Volkswagen blues, Québec Amérique, 1984 ; Babel, 1998

Le Vieux Chagrin, Leméac/Actes Sud, 1989 ; Babel, 1995

La Tournée d'automne, Leméac, 1993 ; Babel, 1996

Chat sauvage, Leméac/Actes Sud, 1998 ; Babel, 2000

Les Yeux bleus de Mistassini, Leméac/Actes Sud, 2002

La traduction est une histoire d'amour, Leméac/Actes Sud, 2006

LE VIEUX CHAGRIN

Leméac Éditeur remercie le ministère du Patrimoine canadien, le Conseil des arts du Canada, la Société de développement des entreprises culturelles du Québec (SODEC) et le Programme de crédit d'impôt pour l'édition de livres du Québec (Gestion SODEC) du soutien accordé à son programme de publication.

© LEMÉAC ÉDITEUR INC., 1989

ISBN Actes Sud 978-2-7427-7314-5
ISBN Leméac 978-2-7609-1528-2

Illustration de couverture :
Friedrich Overbeck,
Portrait du peintre Franz Pforr (détail), 1810
Nationalgalerie, Berlin

JACQUES POULIN

LE VIEUX CHAGRIN

roman

BABEL

CONVERSATION
(Sur le pas de la porte, avec bonhomie)

Comment ça va sur la terre ?
— Ça va, ça va, ça va bien.
Les petits chiens sont-ils prospères ?
— Mon Dieu oui merci bien.
Et les nuages ?
— Ça flotte.
Et les volcans ?
— Ça mijote.
Et les fleuves ?
— Ça s'écoule.
Et le temps ?
— Ça se déroule.
Et votre âme ?
— Elle est malade
le printemps était trop vert
elle a mangé trop de salade.

JEAN TARDIEU,
Le Fleuve caché.

1

LES TRACES DE PAS

Le printemps était arrivé.

L'air était si doux que je descendis du grenier plus tôt que d'habitude. Je sortis sur la grève avec le vieux Chagrin et je marchai jusqu'à l'extrémité de la baie. Je me reposais un moment, assis sur une roche en face du fleuve, quand tout à coup je vis des traces de pas dans le sable.

Par curiosité, je mis mon pied dans les empreintes. Je constatai avec surprise qu'elles étaient exactement à ma taille. Pourtant, ce n'étaient pas les miennes : ma dernière promenade à cet endroit remontait à plusieurs jours, et les marées, qui étaient très hautes, avaient eu le temps d'effacer mes traces.

Chagrin était aussi intrigué que moi. La queue relevée en point d'interrogation, le museau dans le sable, le vieux chat flairait les empreintes. Elles menaient tout droit à une petite caverne dont je connaissais l'existence et dans laquelle on entrait en se faufilant par une brèche très étroite.

La caverne était divisée en deux salles. Dans la plus grande, qui devait faire quatre mètres de largeur et trois mètres de hauteur, je trouvai les vestiges d'un feu de camp. Arrivé avant moi, Chagrin furetait parmi les tisons qui traînaient au milieu de la place. Sur une sorte de tablette longue et étroite, formée par une saillie de la paroi rocheuse, il y avait une bougie, un livre et une boîte d'allumettes.

Je m'approchai pour voir le livre : c'était les contes des *MILLE ET UNE NUITS*. J'avais envie de le prendre dans mes mains, de tourner les pages, mais quelque chose m'en empêcha. J'avais le sentiment que j'allais commettre une indiscrétion. C'était comme si je me trouvais dans la chambre de quelqu'un. Je veux dire : dans tout ce que je voyais, dans les empreintes de pas, dans les objets, dans l'air lui-même, on devinait l'âme de quelqu'un. Je ne touchai pas au livre. Je ne touchai à rien, je ne visitai même pas la deuxième salle de la caverne et je rentrai à la maison.

J'habitais une vieille maison en bois qui était toute seule au milieu de la baie. Son aspect était un peu étrange parce qu'elle avait été construite par étapes. A l'origine, elle avait été un simple chalet, que mon père avait transformé petit à petit, ajoutant une chambre, un hangar, un étage, à mesure que la famille s'agrandissait. Il en était résulté une maison hétéroclite, dotée de plusieurs styles et coiffée de plusieurs toits dont les pentes se recoupaient. Le poids de la neige et de la glace qui, durant l'hiver, s'accumulaient sur la toiture avait affaibli celle-ci, et, lorsqu'il y avait de grosses averses pendant l'été, il arrivait que la pluie dégouline dans le grenier et s'infiltre jusque dans une des chambres du premier.

Après un séjour de quelques années en Europe, je passais maintenant presque toujours la belle saison dans cette vieille maison. Chaque année, elle était un peu plus délabrée : elle tombait en ruine plus rapidement qu'il ne m'était possible de la réparer. C'était la maison de mon enfance. Bien des années auparavant, elle avait fait partie du village de Cap-Rouge. Mon père l'avait fait déménager dans la baie, où il n'y avait personne, parce qu'il voulait avoir la paix. Elle avait été mise sur une embarcation à fond plat, moitié radeau, moitié barge, et elle avait été transportée de l'autre côté du fleuve et installée au milieu de la baie. Mon père et d'autres hommes étaient déjà rendus sur la grève et regardaient venir la maison sur le fleuve. Dans mes souvenirs, j'étais moi-même à bord de cette embarcation, mais c'est peut-être une chose que j'ai imaginée, car j'étais tout petit à cette époque.

En entrant dans la cuisine, je jetai comme d'habitude un coup d'œil à la grande horloge électrique Coca-Cola. Elle indiquait midi et quelque chose. Je donnai sa pâtée de poisson au chat et je mangeai un œuf à la coque avec des toasts, du fromage doux et un peu de miel. Ensuite je montai au grenier pour écrire. La maison était vaste : elle avait deux étages et cinq chambres, mais c'était au grenier que je me sentais le plus à l'aise pour travailler. A cause d'un vieux malaise au dos, j'écrivais debout, en face d'une lucarne qui donnait sur le fleuve. Je plaçais mon bloc à écrire sur une boîte à pain, elle-même posée sur un bureau (la boîte à pain arrivait juste à la hauteur de mes coudes, et puis c'était commode pour ranger les stylos et le papier). Quand les mots ou les expressions ne voulaient pas venir, je marchais, je faisais les cent pas dans le grenier.

Cet après-midi-là, je marchai plus longtemps que d'habitude, mais j'avançai très peu dans mon travail. Je ne pouvais pas oublier le livre que j'avais vu dans la caverne et je ressentais encore cette impression d'avoir été indiscret et même d'avoir violé l'intimité de quelqu'un. Finalement, je descendis du grenier pour aller m'asseoir dans la galerie vitrée.

La galerie vitrée, au premier étage, était la pièce de la vieille maison que je préférais. Tout en longueur, elle comptait une dizaine de fenêtres. Elle était inondée de lumière durant le jour et il n'existait pas de meilleur endroit pour lire, surtout au printemps et à l'automne. Les chaises étaient confortables et on pouvait reposer ses pieds sur l'appui de la fenêtre qui était devant soi. Il y avait une petite bibliothèque à chaque bout de la pièce, et, dans un coin, un secrétaire en noyer qui renfermait quelques papiers et un vieil album de photographies.

2

MARIKA

Je ne pus écrire comme je le voulais ni cette journée-là, ni le lendemain. Au bout de deux jours, je décidai de retourner à la caverne. Il n'était que six heures de l'après-midi et pourtant le soleil déclinait : à la fin d'avril, les journées ne sont pas encore bien longues.

Pour éviter que Chagrin ne vienne avec moi, je lui donnai un gros plat de nourriture ; j'avais envie d'être seul. Je pris une lampe de poche et je sortis sur la grève. La caverne se trouvait du côté droit, tout à fait au bout de la baie, près d'une petite crique sablonneuse. De la maison à la petite crique, il n'y avait pas plus de deux kilomètres, mais au moment où l'on se croyait arrivé, il fallait encore franchir des éboulis de roches qui provenaient de la falaise et s'étendaient jusqu'au milieu de la batture.

Une fois passé les éboulis, je me mis à fredonner un air pour annoncer mon arrivée à la personne qui pouvait se trouver dans la caverne. Je fredonnais une chanson de Brassens, *Il n'y a pas d'amour heureux*. Quand je veux chantonner quelque chose, je ne sais pourquoi, c'est toujours cette vieille chanson qui me vient en tête. En approchant de la caverne, pour faire encore plus de bruit, je fis semblant de chercher le vieux Chagrin et je l'appelai d'une voix forte à plusieurs reprises. Je prêtai l'oreille et, comme je n'entendais rien, j'entrai en me faufilant par la brèche.

Il n'y avait personne à l'intérieur, ni dans la grande salle, ni dans la petite, mais je vis tout de suite que le livre des *MILLE ET UNE NUITS* avait été déplacé. Même si j'avais de nouveau le sentiment que je commettais une indiscrétion, que je m'immisçais dans la vie privée de quelqu'un, cette fois je pris le livre dans mes mains. Le cœur un peu serré, je tournai lentement les pages. Sur la page de garde était inscrit à l'encre bleue un prénom avec une initiale : Marie K. Je le prononçai à mi-voix et alors, dans ma tête et dans mon cœur, ce fut le nom de "Marika" qui résonna pour toujours.

3

MOT DE BIENVENUE

Le livre que j'écrivais au grenier, tous les jours sauf le samedi et le dimanche, était une histoire d'amour. Mais je n'arrivais pas à bien voir mon personnage féminin, et l'histoire venait difficilement.

Je marchais, je regardais par la fenêtre, je pensais à n'importe quoi et même à de vieux matches de tennis disputés avec mon frère. Et, bien entendu, je pensais à Marika. Un jour que, de toute manière, j'étais incapable de travailler, je décidai de lui écrire un mot. Je descendis à la cuisine pour me faire du café et, lorsque je remontai au grenier, les mots se bousculaient dans ma tête et je lui écrivis presque d'un seul jet la courte lettre qui suit :

Chère Marika,
Soyez la bienvenue. Le vieux Chagrin et moi, nous souhaitons que votre séjour parmi nous soit agréable, dans toute la mesure où le permettent nos rivages inhospitaliers. Tâchez de ne pas trop souffrir du froid et de l'humidité. Promenez-vous autant qu'il vous plaira sur la grève et sur la

batture : c'est un excellent moyen de se libérer de ses soucis, j'en ai souvent fait l'expérience.

Je vis seul depuis longtemps et la solitude est propice à mon travail, mais j'ai le cœur tout réchauffé de savoir que vous êtes à l'autre bout de la baie. Du moment que vous êtes là, il me semble que tout est possible, même les rêves les plus fous, les plus secrets, ceux dont on ne parle jamais et qui vivent une existence larvée au fond de nous-mêmes. Je ne peux m'empêcher de croire que votre présence est une sorte d'invitation à tout recommencer, à tout reprendre de zéro.

Vous n'avez pas encore de visage, mais déjà vous vivez dans mon cœur.

Je relus la lettre. Elle avait un ton inconvenant et quelque peu exalté qui m'agaça, alors je résolus de la garder pour moi et de l'utiliser plus tard dans l'histoire que j'écrivais.

4

LE CHÊNE SANS CŒUR

A chaque printemps, j'avais un urgent besoin de voir des couleurs et, cette année-là, j'eus beaucoup de chance. En même temps que les premières feuilles, d'un vert très tendre, arrivèrent non seulement les oies blanches et les outardes, mais aussi des bandes de gros-becs qui répandaient partout leurs taches mouvantes de noir et de jaune, des merles, des juncos et plusieurs roselins familiers ; j'aperçus aussi des hirondelles et même un couple de fauvettes à gorge orangée.

Au début de mai, une pluie lourde et tenace vint à bout du dernier tas de neige qui restait entre le hangar et la falaise. Le vent tourna à l'ouest, le temps s'adoucit et, comme je ne voulais pas rater l'éclatement des premiers bourgeons, je me mis à surveiller les quatre jeunes bouleaux qui se serraient les uns contre les autres devant la maison. Il y avait beaucoup d'arbres dans le voisinage de la vieille maison : des chênes, des érables, un cormier et plusieurs espèces de conifères, mais depuis toujours c'étaient les bouleaux que je préférais.

Les chênes étaient cependant plus nombreux. Ils étaient vieux et ils avaient tous quelque chose de spécial. L'un d'eux, que j'appelais "le chêne sans cœur", était plus court que les autres et il avait l'air assez robuste si on le regardait par une fenêtre de la maison ; toutefois, si on arrivait par la grève, on pouvait voir qu'il était déchiré du haut jusqu'en bas et que le tronc avait été évidé : le vieux chêne n'avait plus de cœur. Malgré cela, il n'était pas en plus mauvaise forme que les autres chênes, tous plus ou moins affaiblis par l'âge. Il avait bien quelques branches mortes, mais son feuillage, en plein été, n'était pas moins dense que celui de ses voisins.

A la base d'un autre chêne, le plus rapproché de la maison, il y avait un trou de cinq ou six centimètres par lequel, un beau matin, je vis apparaître d'abord le museau pointu et ensuite le dos rayé d'un suisse ; plus tard, j'aperçus la famille au complet : un adulte (sans doute la mère) et trois petits.

Pour s'aventurer hors de leur terrier, les suisses attendirent que l'herbe fût assez haute. Ils devaient se méfier des chats. En effet, toutes sortes de chats errants venaient rôder aux alentours, surtout quand la lune était pleine. Très audacieux, ils entraient quelquefois dans la maison en empruntant un soupirail dont la moustiquaire était déchirée. Ils s'installaient dans la cave, ou bien dans le hangar, et ils venaient même dans la cuisine partager la nourriture du vieux Chagrin. Un beau jour, ils repartaient comme ils étaient venus et je ne savais pas si j'allais les revoir. Tous les chats étaient mes amis. J'avais une préférence pour ceux qui revenaient chaque été : il y avait Charade, un drôle de chat vaguement siamois qui était sourd et avait un œil marron et l'autre bleu, Vitamine, une chatte blanche qui avait souvent des petits, et aussi Chamouraï, un gros matou jaune très batailleur qui n'arrêtait pas de gronder.

A mon grand désespoir, les chats semblaient éprouver un malin plaisir à persécuter les écureuils et les suisses. Ils s'en prenaient à toutes les espèces d'écureuils, les gris, les roux et les noirs, mais leur cible de prédilection était de toute évidence la famille des petits suisses qui vivait au pied du chêne le plus proche de la maison.

C'était toujours la mère des petits suisses qui, la première, mettait le museau hors du terrier, puis se risquait à l'extérieur ; au bout d'un moment, les trois jeunes faisaient comme elle. Pendant que les petits cherchaient un peu de nourriture autour du chêne, la mère, dressée sur ses pattes arrière pour regarder par-dessus l'herbe haute, tournait nerveusement la tête d'un côté et de l'autre, prête à lancer un cri d'alarme au moindre signe de danger. Il lui fallait avant tout se méfier de Vitamine, car la chatte blanche avait un instinct de chasseuse très développé et elle se cachait souvent tout près de là, dans le tronc évidé du "chêne sans cœur".

5

DINARZADE

Aussi souvent que me le permettait un dos resté fragile à la suite d'une entorse lombaire, j'allais jouer au tennis avec Francis, mon jeune frère.

Entre le tennis et moi, il y avait une longue histoire d'amour qui avait commencé lorsque j'étais tout petit et que la maison n'avait pas encore fait son fameux voyage sur le fleuve. Le tennis était la seule activité où, malgré les effets de l'âge, je faisais encore des progrès. Mon travail d'écrivain, ma vie amoureuse, ma vie tout court ne m'avaient procuré que des succès médiocres ou du moins très inférieurs à ce que j'avais espéré durant ma jeunesse.

Au tennis, il se produisait quelquefois une chose étonnante, que je ne pouvais pas expliquer : c'était comme si, tout à coup, mon corps et mon âme se trouvaient en harmonie parfaite. Pendant les quelques minutes précieuses que durait cette harmonie, j'étais capable d'exécuter sans effort des coups qui dépassaient largement la qualité habituelle de mon jeu ; je sentais à peine l'impact de la balle sur ma raquette, tellement la coordination de mes mouvements était bonne. A mon frère, qui s'étonnait de cette réussite soudaine, je disais en riant que je jouais avec la raquette de Martina Navratilova et que, de temps en temps, celle-ci se penchait au-dessus de mon épaule et me donnait un coup de main.

En revenant d'un match, un samedi midi, je venais de garer le minibus Volkswagen en haut de la falaise et, mon sac de tennis en bandoulière, je m'apprêtais à descendre le sentier abrupt menant à la maison, lorsque j'aperçus un petit voilier au large de la crique de sable. A cette distance, on ne voyait pas très bien, mais il me semblait que le voilier était à l'ancre.

J'avalai une soupe et un sandwich, je me reposai un moment dans la galerie vitrée en parcourant les journaux du week-end, puis je me hâtai d'aller voir ce qui se passait à la crique de sable. Comme j'arrivais en vue du voilier, juste de l'autre côté des éboulis, j'entendis des coups de marteau et des bruits de scie. Le voilier, auquel était amarrée une chaloupe, faisait environ huit mètres et n'était pas en très bon état : il s'inclinait sur un bord, la coque était bosselée et une partie de la cabine semblait pourrie. La seule chose qui eût l'aspect du neuf sur ce voilier, c'était le nom fraîchement peint en bleu que je pouvais lire sur la coque : *Dinarzade*.

Ce nom, qui était celui de la sœur de Schéhérazade, me rassura. Il indiquait, selon toute vraisemblance, que le voilier appartenait à Marika et que c'était pour le réparer qu'elle s'était installée dans la caverne. De plus, en écoutant attentivement le bruit des outils, je constatai qu'une personne seulement travaillait sur le bateau et j'en tirai la conclusion qui s'imposait : Marika était seule.

6

L'ÉCRIVAIN LE PLUS LENT DU QUÉBEC

Le lundi suivant, lorsque je montai au grenier pour écrire, vers neuf heures du matin, la première chose que je fis, après avoir posé ma tasse de café sur le bureau, fut d'ouvrir la lucarne et de me pencher au-dehors pour regarder à droite. Je vis avec plaisir que le voilier était toujours là.

Je sortis mon texte et mon stylo de la boîte à pain et je relus le chapitre que j'avais laissé en plan le vendredi précédent. Mon héros se trouvait dans un bar du vieux Québec. Il buvait un verre de Tia Maria, assis à une table dans un coin, en écoutant une chanson que le barman avait mise sur le tourne-disque. C'était *Lili Marlene*, une vieille chanson qu'il aimait beaucoup, et elle était chantée par Marlene Dietrich. Il regardait nostalgiquement la fumée des cigarettes s'élever en volutes bleutées vers le plafond. Il regardait aussi le dos d'une fille qui était assise au comptoir. A la fin de la chanson, elle allait se retourner vers lui – c'est du moins ce que j'avais imaginé – et il allait enfin voir son visage.

Pour l'instant, il se laissait bercer par la chanson, qui était en allemand. Il ne comprenait pas les paroles, sauf un mot par-ci, par-là, qui sonnait comme "caserne" et "lanterne", mais c'était évident que la chanson parlait d'amour, car la voix un peu rocailleuse était chaude et caressante, et il se sentait presque aussi bien que si la vieille Marlene avait mis ses bras autour de ses épaules.

La musique s'éteignit doucement. Le barman referma le couvercle du tourne-disque comme si *Lili Marlene* était la toute dernière chanson qu'on pût entendre en ce bas monde, et mon héros avait toujours les yeux fixés sur le dos de la fille accoudée au comptoir. Il attendait qu'elle se retourne et j'attendais avec lui. Nous étions, lui et moi, deux personnes différentes. Il me ressemblait, mais il était plus jeune que moi de dix ans ; il aurait pu être mon frère cadet.

La fille ne se retournait pas. Je remis le capuchon de mon stylo et, comme d'habitude, je commençai à faire les cent pas dans le grenier. Je n'étais pas impatient, ni même inquiet. Il fallait attendre que les choses mûrissent. Bien sûr, j'avais la possibilité d'intervenir en tant qu'auteur, mais les interventions de cette sorte – je le savais par expérience – se faisaient au détriment de l'authenticité du récit. Je ne veux pas laisser croire, toutefois, que j'avais longuement réfléchi à cette question. A la vérité, tout ce que je savais sur l'art d'écrire, je l'avais appris en lisant des interviews d'Ernest Hemingway, et d'ailleurs ces lectures remontaient à une époque où je n'étais pas encore écrivain : j'exerçais alors le métier de professeur et j'étais spécialiste de Hemingway.

Loin d'être un auteur qui réfléchissait beaucoup, je me laissais guider par l'instinct ou l'intuition. Mais l'ennui, avec cette méthode, c'est que le travail avançait très lentement. Au bout d'une heure et demie, dans le bar du vieux Québec, les personnages n'avaient toujours pas bougé, le tourne-disque restait muet et toute la scène était figée dans une immobilité absolue.

Celui qui faisait les cent pas dans le grenier était sans aucun doute l'écrivain le plus lent du Québec.

7

PAPA HEMINGWAY

Comme les mots tardaient à venir, je me laissai peu à peu gagner par l'inquiétude et le doute, et j'en vins à m'interroger sur la valeur de mon sujet. Etait-ce une si bonne idée de vouloir écrire une histoire d'amour ? Tandis que je marchais de long en large, tournant et retournant cette question dans ma tête, il me revint tout à coup en mémoire que le vieux Hemingway avait dit quelque chose à ce propos. Et, si je me souvenais bien, c'était dans une des fameuses interviews. Je descendis au rez-de-chaussée et j'entrai dans ma chambre pour regarder dans le coffre en cuir aux ferrures dorées où je gardais mes anciennes notes de cours, mes manuscrits et divers papiers. Il s'était écoulé au moins quinze ans depuis que j'avais quitté l'enseignement, mais je n'eus pas trop de mal à mettre la main sur l'interview. Je la trouvai dans un livre que j'aimais beaucoup, *Papa Hemingway* de Hotchner. Dans le passage que je cherchais, le vieux Hemingway énonçait une règle très simple : l'écrivain devait toujours s'en tenir aux sujets qu'il connaissait le mieux.

Je dus reconnaître que j'avais enfreint cette règle. J'essayais d'écrire une histoire d'amour sans être moi-même amoureux. J'avais sans doute choisi ce sujet parce que, me sentant vieillir, j'avais peur qu'il ne me reste pas le temps d'être amoureux une dernière fois.

Pour sortir de l'impasse, il y avait deux solutions : ou bien je changeais de sujet, ou bien je m'intéressais de plus près à cette personne qui s'appelait Marika. J'optai pour la deuxième solution.

Comme j'ai l'esprit hésitant, cette décision ne fut prise qu'à la suite d'une période de tergiversations et de revirements qui dura plusieurs jours. En outre, au lieu de chercher un moyen de mettre ma décision en pratique, je me laissai aller à la rêverie et je perdis mon temps à me demander ce que le vieux Hemingway aurait fait si c'était lui qui avait vu les traces de pas dans le sable.

D'abord, en regardant les empreintes, il aurait deviné plusieurs choses sur la personne qui était passée par la crique sablonneuse ; il aurait certainement pu dire son sexe, son âge, son caractère ou son humeur : la lecture des pistes était un art qu'il avait appris des Indiens avec lesquels, au temps de sa jeunesse, il était allé pêcher et chasser dans le Michigan.

Ensuite, il aurait sûrement tenté d'accomplir un exploit pour impressionner Marika : il cherchait tout le temps à épater les gens. Il serait arrivé avec son yacht, le *Pilar*, il aurait jeté l'ancre au large et se serait dirigé vers elle en nageant d'un seul bras, tenant hors de l'eau une bouteille de champagne et des verres, ses vêtements étant roulés en boule et retenus sur sa tête par la ceinture de ses pantalons.

Mais si elle n'avait pas été là, il aurait pris les choses avec philosophie. Il serait retourné à son yacht et, après avoir mis dans une chaloupe des provisions (du pain, du vin, des fromages et du jambon), son sac de couchage, du matériel de camping et quelque chose à lire, il aurait regagné la rive et se serait installé confortablement pour l'attendre.

En la voyant rentrer, pieds nus, d'une promenade sur la grève, il lui aurait offert une coupe de champagne en disant : "Il n'est pas aussi froid que si nous étions au Harry's Bar de Venise, chère madame, mais j'ai pensé qu'un verre de ce bon vieux Mumm était la seule chose digne de célébrer notre première rencontre." Le vieux Hemingway aurait dit ça sur un ton de fausse humilité parfaitement réussi.

Il lui aurait demandé comment elle se tirait d'affaire avec le voilier ; elle lui aurait parlé des réparations et il aurait hoché la tête d'un air entendu. En retour, elle lui aurait posé une question au sujet de son yacht, alors il n'aurait pas raté cette occasion de lui donner toutes sortes de détails sur le *Pilar*, expliquant de quelle façon, pendant la Deuxième Guerre mondiale, ce bateau de pêche avait été équipé pour la chasse aux sous-marins allemands ; il aurait parlé de la lettre que le secrétaire à la Défense, ou quelque chose comme ça, avait fait parvenir à l'équipage pour le féliciter de son courage durant les hostilités.

Finalement, elle l'aurait invité à entrer un moment dans la caverne pour boire quelque chose de chaud. Il aurait accepté avec empressement. Il aurait examiné son installation en connaisseur et apprécié ses efforts pour combattre l'humidité. Puis, en apercevant son livre des *MILLE ET UNE NUITS*, il aurait pointé du doigt cette inscription sur la page de couverture : "Traduction par Antoine Galland." Il aurait été capable de dire à quels moments ce traducteur avait fait ses trois voyages dans les pays du Proche-Orient et de donner les dates de parution des douze volumes de la première édition des contes. Et il aurait expliqué, avec des exemples précis, comment Antoine Galland transformait le texte arabe, retranchant ou même inventant des passages pour le rendre conforme au goût des lecteurs du XVIIIᵉ siècle. Elle aurait été très étonnée de voir à quel point le vieux Hemingway, dur à cuire et chasseur de fauves, avait des connaissances approfondies et variées en littérature.

Bientôt, il se serait levé pour prendre congé. Il lui aurait serré la main en s'inclinant légèrement et en s'excusant de l'avoir importunée, et alors elle aurait peut-être aperçu une petite lueur de tristesse dans ses yeux, mais seulement l'espace d'une seconde. Elle aurait gardé de lui le souvenir d'un homme aimable, vivant et très chaleureux.

8

SI J'ÉTAIS VOUS

Je ne sais si le vieux Hemingway se trouva à me communiquer une partie de son courage légendaire, mais le samedi suivant je rédigeai une invitation à Marika avec la ferme intention, cette fois, de me rendre à la caverne pour la lui remettre.

Le texte, plus long que ce que j'avais prévu, était celui-ci :

Chère Inconnue,
Si j'étais vous, un de ces soirs je dirigerais mes pas vers la vieille maison en bois qui se trouve au fond de la baie. Votre visite serait fort appréciée.
Au cas où vous seriez craintive, sachez que vous n'avez rien à redouter de l'homme qui habite cette maison : s'il est un peu toqué, comme tous ceux qui vivent seuls depuis longtemps, il n'est pas dangereux ; c'est un maniaque, mais un maniaque des mots. Il a pour seul compagnon un vieux chat du nom de Chagrin. Il passe toute sa journée à écrire au grenier. En fait, il n'a pas l'air de travailler : il marche, il fait les cent pas dans le grenier, il s'arrête devant la lucarne et il contemple le fleuve. Sa tête

*est pleine de mots qui tourbillonnent comme dans
une ruche ; parfois elle est vide.*

*Et physiquement, comment est-il ? C'est un homme
maigre au visage creusé. Avec une tuque de laine
rouge sur la tête, il ressemblerait comme un frère
au commandant Cousteau. Et ses cheveux gri-
sonnent.*

*Depuis qu'il a vu la trace de vos pas dans le
sable, il pense beaucoup à vous et il n'arrive plus
à écrire. Il marche encore plus longuement que de
coutume, cherchant en vain les mots justes, les
tournures qui conviennent. Et le soir, lorsqu'il a
fini de travailler, qu'il a mangé et s'est promené
un moment sur la grève, il s'assoit dans la longue
galerie vitrée qu'il affectionne et il passe des heures
à regarder le miroitement de la lune dans l'eau et
les lumières de la ville qui, de l'autre côté du fleuve,
scintillent dans la nuit pour dire aux gens qu'ils
peuvent se laisser aller à la douceur de la rêverie
et à la mélancolie des souvenirs.*

Je n'aimais pas beaucoup les dernières lignes.

Les mots sont indépendants comme les chats
et ils ne font pas ce que vous voulez. Vous avez
beau les aimer, les flatter, leur parler doucement,
ils s'échappent et partent à l'aventure. Vers la fin
du texte, ils m'avaient filé entre les doigts.

Mais je n'allais pas en faire un drame. Le temps
passait et je voulais me rendre à la caverne sans
plus tarder. J'avais très envie de voir Marika et de
vérifier si elle était vraiment seule.

Au bas de la page, j'écrivis seulement mon prénom, Jim, puis je mis l'invitation dans une enveloppe et je sortis sur la grève. Chagrin n'était pas là. Au bout d'un moment, je me retournai pour voir s'il me suivait et je l'aperçus de loin sur la batture ; il était grimpé sur une grosse roche et je crus voir auprès de lui la silhouette mince de Vitamine.

De l'autre côté des éboulis, je notai que si le voilier se trouvait à sa place habituelle, la petite chaloupe n'était pas là. Et, cette fois, aucun bruit ne montait du voilier : je n'entendais que les cris plaintifs des goélands, le clapotis de la marée montante et le grondement lointain de la circulation sur les deux ponts qui enjambaient le fleuve.

En arrivant à la crique de sable, je vis que la chaloupe était amarrée à un piquet sur la grève, juste en face de la caverne, et mon cœur se mit à battre comme un fou. Je restai un moment figé sur place, puis tournant les talons, je revins presque en courant jusqu'aux éboulis. Et là, je m'assis par terre au milieu des rochers pour essayer de reprendre mon calme.

J'avais honte de m'être enfui comme un peureux. En dépit des apparences, je n'étais ni un peureux, ni un *loser*, ni même un *beautiful loser*. J'étais tout simplement une Balance, une maudite Balance, c'est-à-dire un homme partagé, déchiré entre des désirs contradictoires. Mes hésitations, que je connaissais bien et détestais de tout mon cœur, ne m'étonnaient pas vraiment. Ce qui me surprenait beaucoup, en revanche, c'était le trouble profond dans lequel me plongeait la seule présence d'une femme que je n'avais pas encore vue.

Je me mis à réfléchir. Marika était à la caverne et tout ce que j'avais à faire, en réalité, c'était de m'approcher en faisant un peu de bruit comme l'autre jour, ou bien en demandant à haute voix : "Il y a quelqu'un ?" Le reste viendrait tout seul : j'allais lui dire qui j'étais et ce que je voulais, ou encore j'allais tout simplement lui remettre l'invitation et me retirer en lui souhaitant une bonne journée.

Plein d'une résolution nouvelle, je me levai et me dirigeai droit vers la crique de sable. Le bruit tout proche d'un animal détalant sur le gravier me fit tressaillir : c'était le vieux Chagrin qui poursuivait Vitamine avec beaucoup d'entrain. Ce clin d'œil du destin (c'est ainsi du moins que je l'interprétai) m'encouragea même s'il venait un peu tardivement. A vingt pas de la caverne, je fis tout le bruit que je pouvais en donnant des coups de pied aux pierres et aux morceaux de bois, et je demandai par deux fois s'il y avait quelqu'un. Il n'y eut aucune réponse. J'hésitai un court instant, je regardai partout aux alentours et puis, mon enveloppe à la main, je me glissai dans la caverne.

Mon énervement tomba d'un coup. Il n'y avait personne. J'éprouvais un curieux mélange de sensations. J'étais déçu, mais en même temps soulagé. Et il me restait une petite inquiétude : Marika était allée sur la grève, sans doute pour ramasser du bois, et elle pouvait revenir d'un moment à l'autre.

Je m'avançai pour jeter un coup d'œil dans la petite salle et je vis qu'elle servait de chambre, car il y avait un sac de couchage, une lampe à huile et un sac de cuir qui ressemblait à une trousse de toilette.

Le livre des *MILLE ET UNE NUITS* était toujours sur la tablette rocheuse. Je l'ouvris encore une fois pour le plaisir de revoir le nom écrit sur la page de garde, Marie K., et je notai tout de suite que le signet orné de franges avait été déplacé : il marquait à présent la page où commençait le conte de la vingt-deuxième nuit, intitulé "Histoire du jeune roi des îles Noires". Mon attention fut attirée par cette curieuse phrase : "Il n'était homme que depuis la tête jusqu'à la ceinture (…) et l'autre moitié de son corps était de marbre noir." Je n'avais pas beaucoup le temps de réfléchir, alors je plaçai mon invitation bien en vue à côté du livre. Avant de partir, je cherchai partout des traces de la présence d'une autre personne, mais il n'y en avait pas.

A la maison, le vieux Chagrin m'attendait sur le perron et je crus déceler un petit air de supériorité, et peut-être même d'ironie, dans la façon dont il me regardait venir.

9

BUNGALOW

La cuisine était sale et en désordre.

Je lavai la vaisselle qui traînait dans l'évier, je passai le balai et l'aspirateur (un vieil Electrolux qui faisait un bruit terrifiant), et je fis même l'effort de laver le parquet. Puis, en regardant par la fenêtre pour voir si Marika venait, je constatai que les vitres étaient malpropres et je me dépêchai de les nettoyer à l'intérieur et à l'extérieur avec du Windex.

J'ouvris l'armoire pour la troisième ou la quatrième fois et je vérifiai que les bouteilles de scotch, de Cinzano et de Saint-Raphaël étaient bien là, avec plusieurs bouteilles de vin, et qu'il y avait du café frais moulu, ainsi que diverses sortes de thés et de tisanes.

Tout était prêt.

Il n'y avait plus qu'à attendre.

Je montai à l'étage pour prendre un livre dans la galerie vitrée. A un bout de la pièce se trouvaient les livres de fiction, et à l'autre, les livres pratiques. Debout en face des livres de fiction, je me demandais lequel choisir et, comme je n'arrivais pas à me décider, je me mis à leur caresser le dos. C'est un vieux truc : vous caressez doucement le dos des livres avec la paume de la main, et parfois vous pouvez sentir des vibrations ou une sorte de chaleur. Mais cette fois, j'étais trop énervé et je ne sentais rien du tout, alors je pris le premier livre qui me tomba sous la main. C'était *Chéri*, un roman de Colette. Juste au moment où je le prenais sur l'étagère, il m'arriva du passé, à la manière d'un flash-back au cinéma, une image nette et précise que je chassai aussitôt de mon esprit : une femme encore jeune, qui allait partir avec un autre, enlevait ses livres d'une bibliothèque, laissant partout sur les rayons des vides qui ressemblaient à des brèches dans un mur de brique.

Je redescendis à la cuisine avec le roman de Colette. Pour le lire, je m'accoudai au comptoir en face de la fenêtre donnant sur la grève : il me suffisait de lever les yeux pour voir si quelqu'un arrivait.

Même si ces deux auteurs étaient très différents, j'avais autant de plaisir à lire les livres de Colette que ceux du vieux Hemingway. En lisant Colette, j'étais toujours étonné de la précision avec laquelle elle décrivait les bruits, les odeurs et les couleurs, et toutes les choses de la nature. Ce soir-là, toutefois, je ne lisais pas vraiment : je regardais souvent par la fenêtre, je tournais les pages un peu distraitement et le livre de Colette m'emmenait à Neuilly et à Paris dans les allées du bois de Boulogne, puis je me promenais sur les grands boulevards, m'arrêtant pour boire un petit crème… et je ne sais depuis combien de temps j'étais là, assis à la terrasse d'un café, lorsqu'une odeur nauséabonde me ramena brusquement à la réalité.

Le vieux Chagrin se frôlait contre mes jambes et c'était lui, de toute évidence, qui dégageait cette odeur insupportable. Ses pattes étaient pleines de vase et il avait laissé des empreintes un peu partout sur le parquet de la cuisine que je venais de laver. Je regardai par la fenêtre : il tombait une pluie fine.

L'horloge électrique Coca-Cola indiquait sept heures quarante et je commençais à croire que Marika ne viendrait pas. Je donnai un plat de poulet à Chagrin, puis je me mis à genoux pour essuyer ses traces de boue avec un linge humide. En m'approchant de lui, je compris pourquoi il sentait aussi mauvais : il était allé dehors pour marquer son territoire avec des jets d'urine.

Je rinçais mon linge dans l'évier en regardant distraitement la pluie, lorsque je vis tout à coup une personne qui marchait sur la grève. Elle portait un imperméable en vinyle jaune vif avec un capuchon et elle venait droit vers la maison !

En un bond, je fus dans la salle de bains. J'attrapai la canette de Florient qui traînait sur le réservoir des cabinets et, me plaçant à l'entrée de la cuisine, je vaporisai un long jet parfumé à la lavande en direction de Chagrin, et quatre jets plus brefs en direction des quatre coins de la pièce. Le vieux chat se sauva à toute vitesse dans l'escalier de la cave. Je remis la canette où je l'avais prise et me hâtai de m'asseoir à la table de la cuisine. Je fis semblant de lire le journal ; c'était un journal de la semaine précédente, mais je fis comme si j'étais très absorbé dans la lecture des nouvelles.

Mon cœur battait à tout rompre.

Je pris une grande respiration et, lorsque j'entendis frapper à la porte, je répondis : "Entrez !" sur un ton aussi naturel que possible. Je faisais comme s'il n'y avait rien de spécial. Comme si les femmes passaient leur temps à jeter l'ancre au large de la caverne et à venir boire un verre à la maison.

La femme à l'imperméable jaune poussa la porte.

M'efforçant de paraître calme, je levai lentement la tête pour voir de quoi elle avait l'air. C'était une grande femme, large d'épaules, qui pouvait avoir une quarantaine d'années. Elle portait des jeans et des bottes en caoutchouc noir comme celles que l'on met pour aller à la pêche. Des gouttes de pluie, dégoulinant de son imperméable, tombaient sur le tapis tressé en ovale où elle se tenait. Elle s'essuya les pieds et jeta un regard circulaire dans la cuisine.

— Ça sent bon chez vous ! dit-elle avec une pointe d'ironie.

Je ne trouvai rien à répondre. Heureusement, le vieux Chagrin revenait de la cave. Il avait soif et je me levai pour lui donner du lait. La femme se débarrassa de son imperméable jaune et le laissa avec ses bottes sur le tapis tressé.

— Vous attendiez quelqu'un ? demanda-t-elle.

— Mais oui : Marika…, dis-je.

— Ce n'est pas moi, dit-elle. Je m'appelle Bungalow.

Elle s'approcha de Chagrin et se mit à le flatter pendant qu'il buvait son lait.

— C'est pas mon vrai nom, dit-elle. C'est le nom que les filles me donnent.

— Les filles ?...

— Ah oui, vous ne connaissez pas les filles. On est tout un groupe, on a acheté une maison dans le vieux Québec et on l'a remise en état.

— Vous êtes combien ?

— On est seulement quatre pour l'instant, mais la maison est ouverte à tout le monde : il y a toujours des filles qui arrivent et d'autres qui s'en vont.

Je toussai un bon coup pour m'éclaircir la voix.

— Et Marika, vous... vous la connaissez ?

— Mais oui, dit-elle, après une légère hésitation.

— Elle va bien ?

— Elle va très bien.

On était à genoux tous les deux à côté de Chagrin. Elle portait un pull bleu à col roulé, des jeans rapiécés et des bas en grosse laine grise. Son visage arrondi était souriant et, autour de ses yeux, très clairs, il y avait un faisceau de petites rides en étoile.

Je n'osai pas lui demander pourquoi elle avait eu cette hésitation quand je lui avais parlé de Marika. Je sentais en elle, dans son sourire mais aussi dans toute son attitude, quelque chose de chaleureux qui me rassurait et me mettait à l'aise. En vérité, j'étais même très content qu'elle fût là, car c'était avec un mélange de désir et de crainte que j'avais attendu la visite de Marika, le deuxième sentiment, je devais le reconnaître, l'ayant emporté en fin de compte sur le premier.

Je lui demandai ce qu'elle voulait boire. Elle répondit qu'elle était venue seulement pour me proposer un marché.

— Quel genre de marché ? dis-je. Honnête ou malhonnête ?

— Malhonnête, dit-elle en riant. Et pour ce qui est de boire quelque chose, je crois que je vais changer d'idée. Avez-vous un petit rosé ?

— J'ai un côtes-de-provence…

— Ça me va.

Pendant que je débouchais la bouteille, elle s'accouda au comptoir de la cuisine et m'expliqua son marché. Elle voulait m'emprunter un chalumeau et une bouteille de gaz pour faire des travaux de soudure à la Maison des filles ; en échange, elle allait revenir avec les filles pour réparer mon toit qui coulait.

Comment savait-elle que mon toit avait besoin d'être réparé ? J'étais sur le point de lui poser la question, mais je me rappelai tout à coup que, la semaine précédente, j'étais monté sur le toit pour estimer les dégâts. Etait-il possible que Marika, en se promenant sur la grève, m'ait aperçu de loin ?… Tandis que j'examinais cette hypothèse assez peu réaliste, une idée prenait forme dans mon esprit : si les filles venaient réparer mon toit, il y avait des chances pour que Marika soit du groupe…

Je goûtai au vin. Il était doux et juste un peu fruité.

— Chère madame, dis-je, en tendant un verre à Bungalow, votre proposition n'est pas très malhonnête. Je dirais même qu'elle est à mon avantage.

— On verra, dit-elle en souriant.

Elle avait un petit air mystérieux, mais je n'y fis pas très attention. J'aimais de plus en plus les espèces d'étoiles qui se dessinaient autour de ses yeux quand elle souriait.

Je lui fis visiter le rez-de-chaussée, les chambres de l'étage et même le grenier où je travaillais. Ensuite, prenant les verres et la bouteille de rosé, je la conduisis dans la galerie vitrée et elle me raconta d'où lui venait son surnom de Bungalow.

Elle avait passé vingt ans dans un bungalow de la banlieue avec son mari et ses trois enfants. Le bungalow était pourvu de toutes les commodités imaginables, depuis la machine à laver jusqu'à l'ordinateur ; le sous-sol était "fini", le terrain était "paysagé" avec des arbres, des fleurs, une haie de chèvrefeuille, une piscine et un petit jardin potager. Son mari était un cadre supérieur dans la fonction publique, il touchait un gros salaire et les enfants étaient beaux et intelligents. Ils avaient un chien qui s'appelait Whisky. Elle avait tout pour être heureuse, en somme, et pourtant elle ne l'était pas : elle avait l'impression de vivre dans une cage dorée. Sa vie lui semblait tellement monotone que, le jour de son dix-neuvième anniversaire de mariage, elle avait prévenu son mari et ses enfants qu'elle allait partir l'année suivante à la même date. Personne ne l'avait prise au sérieux, mais un an plus tard, après vingt ans de "bons et loyaux services", elle avait quitté la maison pour aller vivre seule dans le vieux Québec. Au bout de quelques semaines, elle avait formé le groupe des filles.

Lorsqu'elle parlait avec les filles, il lui arrivait de penser à sa maison et à ses enfants, et parfois elle soupirait : "Quand j'étais dans mon bungalow…" C'était pourquoi les filles lui avaient donné le surnom de Bungalow.

Dans la longue galerie vitrée, nous buvions du vin et la femme continuait de raconter ses souvenirs. Je sentais de la nostalgie dans sa voix, mais elle avait un sens de l'humour qui neutralisait en grande partie la tristesse, et le reste était dilué dans la pluie qui tombait maintenant comme un déluge sur le fleuve.

10

LE VIEILLARD DÉBONNAIRE

Ce fut en vain que, durant toute la semaine, j'attendis la visite de Marika. Dix fois par jour, je me penchais par la lucarne du grenier, espérant voir celle que j'avais invitée, celle qui faisait naître en moi un trouble si étrange, celle sur qui je comptais pour relancer mon histoire.

Parfois, il me semblait l'apercevoir au loin, mais ce n'était qu'une ombre parmi les rochers, ou bien un chien errant sur la batture, ou encore c'était dans ma tête.

Pendant que j'attendais, bien sûr, je ne pouvais pas écrire. Je montais quand même au grenier tous les matins et je restais là jusqu'au milieu de l'après-midi ; j'étais fidèle au poste. Et je n'étais pas malheureux. La solitude ne me faisait pas vraiment souffrir. En fait, j'avais l'air d'être seul, mais ce n'était pas vrai : tout en faisant les cent pas, je tenais de longues conversations avec des amis éparpillés à des endroits aussi variés que Key West, San Francisco, les îles de la Madeleine, le 11e arrondissement à Paris, la banlieue de Prague, un coteau dans la vallée du Rhône, un village près de Heidelberg en

Allemagne ; je leur posais des questions et ils me donnaient des nouvelles des enfants qui grandissaient, des projets qu'ils avaient pour l'année suivante, des parents qui étaient malades, du temps qu'il faisait et des chats qui s'étaient perdus.

Et, comme tout le monde, je m'interrogeais sur le sens de la vie, l'existence de Dieu, l'éternité et tout ça. Malheureusement, le résultat de mes réflexions était maigre et je ne pouvais même pas dire si je croyais en Dieu ou non.

Pendant ma jeunesse, qui avait baigné dans une atmosphère religieuse, je m'étais représenté Dieu sous les traits d'un vieil homme barbu et fatigué, n'ayant aucun sens de la justice, prêt à pardonner toutes les faiblesses humaines parce qu'il en avait trop vu... Mais, existait-il vraiment, ce vieillard débonnaire ? Et s'il existait, avait-il quelque chose à voir avec moi en particulier ? Et moi, est-ce que j'entretenais une relation particulière avec Lui ? Est-ce que je Lui parlais ? Et Marika, dans le secret de sa caverne, lorsque la nuit était venue et que sa lampe projetait des ombres sur le mur, est-ce qu'il lui arrivait de parler à quelqu'un ?

Au fond, la seule chose à laquelle je croyais depuis toujours, c'était l'âme. J'étais certain d'avoir une âme. Nous avions tous une âme, même le vieux Chagrin. En marchant dans le grenier, j'avais commencé à édifier une théorie de l'âme.

Selon ma théorie, l'âme ne se trouvait pas à l'intérieur du corps, comme on le croyait généralement, mais plutôt à l'extérieur. Elle était plus grande que le corps, elle l'enveloppait et le tenait au chaud. Elle avait une couleur un peu bleutée qui se voyait parfois dans l'obscurité. Elle ressemblait à une longue chemise de nuit, légère, transparente et vaporeuse. Au moment de la mort, elle quittait le corps et flottait quelque temps dans l'air, à la manière d'un fantôme, avant d'aller rejoindre les autres âmes dans le ciel.

11

LA PETITE

Lorsque les filles vinrent réparer mon toit, le week-end suivant, je fus encore une fois déçu : Marika n'était pas là. Avec Bungalow, qui rapportait la bouteille de gaz, il y avait une fille brune très douce et toute ronde qui s'appelait Minou, une grande mince dont je n'ai pas retenu le nom, et une drôle de fille, très jeune et maigrichonne, au visage à moitié caché sous des cheveux blonds en désordre, que je pris d'abord pour un garçon et que les autres appelaient la Petite.

J'étais allé en ville au milieu de la semaine et j'avais acheté du goudron, des bardeaux d'asphalte et de la toile goudronnée. Les filles prirent ce matériel et quelques outils, et je les précédai sur le toit en passant par une fenêtre du grenier. Je leur indiquai les endroits où l'eau pénétrait au moment des grosses pluies. Elles déclarèrent alors qu'elles pouvaient très bien se débrouiller toutes seules, et elles refusèrent mon aide, me demandant seulement de leur préparer un bon repas qu'elles dégusteraient une fois le travail terminé.

Avant de descendre à la cuisine, j'examinai le fleuve et je vis immédiatement que le voilier était parti. Bungalow affirma que ce n'était pas grave : Marika était sans doute allée faire un tour sur le fleuve pour vérifier si la coque était étanche ; il n'était pas impossible qu'elle revienne assez tôt pour leur donner un coup de main. A cette occasion, et plus tard durant le repas, je notai que toutes les fois que je posais une question sur Marika, les filles regardaient Bungalow et lui laissaient le soin de répondre.

La Maison des filles, dans le vieux Québec, devint un établissement public – un refuge officiel pour femmes en détresse – et Bungalow, qui en assumait la direction, dut espacer ses visites à cause d'un surcroît de travail. En revanche, je vis de plus en plus souvent la Petite.

Elle arrivait toujours à l'improviste. Elle me faisait penser aux chats perdus qui entraient par le soupirail de la cave et partageaient la nourriture de Chagrin. Comme elle venait le plus souvent à bicyclette, je ne l'entendais pas arriver ; je la trouvais brusquement sur la grève, dans la cuisine, dans une chambre de l'étage. L'endroit qu'elle préférait, c'était la chambre de mon jeune frère, où il restait des jouets et quelques meubles d'enfant. Un matin, comme je montais au grenier pour travailler, j'entendis un soupir ou une plainte venant de la chambre et je poussai doucement la porte. Les genoux au menton, le pouce dans la bouche, la Petite dormait toute recroquevillée dans le lit d'enfant, le petit lit avec des barreaux de fer qui ressemblait à une cage.

Ce n'était pas moi qu'elle venait voir, mais les animaux. Elle avait avec eux des rapports particuliers. Non seulement elle connaissait les oiseaux et pouvait les identifier par leur chant, mais en plus les écureuils et les suisses venaient manger dans sa main. Quand elle marchait sur la grève, tous les chats la suivaient, même le gros Chamouraï. Elle voulait apprivoiser une marmotte qui vivait dans un trou au pied de la falaise ; elle se vantait d'avoir apprivoisé un porc-épic. Dans ce dernier cas, elle exagérait peut-être. Elle ne disait pas toujours la vérité. Au retour de ses promenades sur la grève, par exemple, elle me parlait souvent de Marika, disant qu'elle l'avait rencontrée à la caverne ou sur la batture et qu'elle lui avait parlé, alors que, pour ma part, je ne l'avais encore jamais vue. Ce n'est pas qu'elle mentait, mais elle se réfugiait parfois dans un monde imaginaire. Elle avait besoin de transformer un peu la réalité.

Mais il y avait une chose que j'aimais beaucoup : elle me faisait souvent des surprises. Par exemple, elle se déguisait. Elle mettait de vieux vêtements qu'elle trouvait au fond des armoires, elle se promenait dans la maison ou sur la grève, et elle riait comme une folle en voyant l'air ébahi qui se peignait sur mon visage pendant quelques secondes, quand j'avais l'illusion de me retrouver en présence de mon frère ou de ma sœur.

12

LE VIEUX COLLEY

Les visites de la Petite allaient changer plusieurs choses dans ma vie. Le premier de ces changements fût un événement heureux : l'histoire d'amour que j'écrivais au grenier, et qui était en panne, redémarra.

Dans le petit bar du vieux Québec, mes personnages, qui étaient restés figés comme dans un musée de cire, se remirent à bouger. La femme assise au comptoir se retourna, mon héros vit enfin son visage et, à quelques détails près, c'était... le visage de la Petite.

Tandis que je le décrivais, ce visage maigre à la fois doux et sauvage, au regard traqué sous une mèche blonde, je ne pouvais me défendre d'un sentiment de culpabilité. Je me sentais malhonnête, j'avais l'impression de tricher. Pourtant, j'étais assez vieux pour savoir que, l'art étant artificiel par définition, l'écrivain construit son œuvre à partir de tous les éléments qui lui tombent sous la main et qu'il n'est pas tenu à d'autre règle que celle de la vraisemblance.

Au fond, j'étais ravi de voir que mon histoire était de nouveau en marche. Tout allait bien. La femme vida son verre et, sortant du bar, elle descendit la rue Sainte-Angèle. Elle allait du côté de la rue Saint-Jean et mon héros lui emboîta le pas. Je n'étais pas loin derrière. Au coin de la rue, elle hésita et s'arrêta un moment. Elle regarda aux alentours et, quand l'homme l'eut rattrapée, elle lui demanda un renseignement. Je fus surprise de constater qu'elle avait un accent étranger : un accent très doux, musical, peut-être tchèque ou polonais. L'homme répondit à sa question et ils partirent ensemble. Plus loin, ils tournèrent le coin de la rue de la Fabrique. Ils se dirigeaient vers la terrasse, le Château, le fleuve, et je ne les perdais pas de vue. Le soleil était juste assez chaud, c'était parfait. J'avais encore dans la tête la chanson de Marlene Dietrich.

Ce fut une belle journée d'écriture et de soleil, et lorsque je descendis du grenier en fin d'après-midi, j'étais fatigué, mort de faim et heureux. Il ne pouvait rien m'arriver de grave, j'étais invincible et j'avais toute la patience du monde pour répondre aux questions de la Petite. Elle était venue me trouver dans la galerie vitrée où je buvais un verre de vin. Elle avait pris le vieil album de photos dans le secrétaire en noyer et elle n'arrêtait pas de me poser des questions.

— Et ça ? demandait-elle.
— C'est la maison quand elle était un chalet.
— C'était dans le village ?
— Oui.
— Et lui, c'est ton père ?

— Mais oui.

— Et lui, c'est ton frère ?

— Non, c'est un petit voisin.

— Et elle ?

La Petite voulait tout savoir. Elle tournait les pages du vieil album avec une lenteur incroyable ; nous avancions au rythme de deux ou trois pages à l'heure, car elle mettait son doigt sur chaque photo et posait toutes sortes de questions. Nous étions confortablement assis dans la causeuse en rotin, le dos calé contre les coussins à motifs de fleurs, les pieds appuyés sur la tablette de la fenêtre. Ses jambes étaient allongées, les miennes un peu repliées : c'était une petite différence. Il y avait des différences plus importantes, comme le fait qu'elle était âgée de seize ou dix-sept ans et moi de plus de quarante, mais lorsque j'avais bien travaillé, j'étais capable d'oublier certains aspects pénibles de la réalité.

Elle tourna la page et mit son doigt sur la photo du vieux Colley.

— Et lui ? demanda-t-elle.

— C'était notre chien. Il s'appelait Colley.

Elle prononça son nom pour voir si ça sonnait bien quand on l'appelait : "Co-lé !… Co-lé !… Co-lé !" Elle l'appelait si doucement que j'en avais le cœur tout chaviré et que l'âme du vieux Colley, qui flottait éternellement dans le grand chenil céleste de la S.P.A., ne pouvait pas rester insensible à cet appel.

— Il était comment ?

— Vieux et doux. Il était noir avec une tache blanche sur la poitrine.

— Quel âge il avait, quand il… ?

— Seize ans, dis-je. Il était presque aveugle. Il était tombé dans un trou, alors mon père est venu voir puis il est allé chercher son…

La Petite me regardait attentivement. Je toussai deux ou trois fois, essayant de ne pas céder au malaise qui m'envahissait.

— Tu es sûr qu'il était trop vieux et qu'il ne pouvait pas vivre plus longtemps ? demanda-t-elle sur un ton soupçonneux.

— Je ne me souviens pas bien, dis-je. J'étais très jeune dans ce temps-là.

— Moi je me souviens de tout ce qui s'est passé quand j'étais petite…

Elle mit son doigt sur une autre photo.

— Et lui, c'est ton frère ?

— Oui, c'est mon petit frère.

— Celui avec qui tu joues au tennis ?

— Oui. Il s'appelle Francis.

— Il te ressemble…

Je regardai de plus près : en effet, il me ressemblait un peu.

— Et ça, c'est ta mère ?

— Ah non, c'est Rose-Aimée, la servante.

— Vous aviez une servante ?

— Oui… mais c'était plutôt comme une deuxième mère.

— Ah oui ?… Raconte, pour voir.

Malgré la faim et la fatigue, je fis un effort pour plonger dans mon passé, et ma mémoire qui défaillait, qui avait le souffle court, ramena des bribes de souvenirs à la surface. La Petite continua de poser toutes sortes de questions auxquelles je répondis de mon mieux, car je voyais bien ce qu'elle cherchait à faire : elle qui n'avait pas eu de vraie famille, elle faisait tout ce qu'elle pouvait pour en construire une autour de nous.

Heureusement, j'avais bien travaillé. La galerie était remplie de soleil, mon âme se serrait doucement contre moi, je me sentais bien et j'avais assez de chaleur pour tenir le coup jusqu'à la nuit.

13

SUPERMAN EN MODÈLE RÉDUIT

Mes rapports avec le fleuve étaient ambigus.

J'étais heureux de savoir que le fleuve était là, tout à côté, pendant que je travaillais. Il donnait, me semblait-il, un peu de force et de régularité à ma pauvre inspiration. Mais, avec ses bateaux, ses marées, ses goélands, sa lumière et ses couleurs changeantes, il était beaucoup trop distrayant, alors je m'arrangeais pour ne le voir qu'à moitié : je mettais sur le bord de la fenêtre une bouteille d'eau, un paquet de biscuits, un bock contenant des stylos et des crayons.

Malgré ces précautions, il m'arrivait encore de le regarder distraitement au lieu d'écrire, et c'est ainsi qu'un jour, vers la mi-juin, j'aperçus une silhouette féminine au bord de l'eau. Elle se déplaçait vers la gauche. Je crus d'abord qu'il s'agissait de la Petite, car elle aimait bien flâner de ce côté-là, puis en regardant mieux je vis que la silhouette était nettement plus élancée. Ce devait être Marika.

Je descendis l'escalier quatre à quatre pour aller chercher les jumelles qui étaient dans la cuisine. Du moins, je croyais les avoir laissées sur le frigo, mais elles n'y étaient pas. Brusquement je me rappelai : elles étaient au grenier, dans le premier tiroir du bureau !… Je remontai l'escalier en courant, je trouvai les jumelles et je scrutai la grève et la batture. La silhouette était toujours là, un peu plus loin sur la gauche ; elle s'éloignait en suivant le bord de l'eau. Elle disparut derrière un rocher, mais j'eus le temps de voir qu'elle était pieds nus et qu'elle portait une longue jupe avec un tee-shirt blanc.

Tout énervé, je redescendis l'escalier comme un fou et je sortis sur la grève, puis je rentrai aussitôt pour mettre mes jeans les plus propres et changer de sweat-shirt. Quand je revins sur la grève, j'étais à bout de souffle, mais je ne pris même pas le temps de me reposer.

Marika était hors de ma vue. Elle devait être rendue plus loin, dans une zone où la batture était hérissée de rochers. Je n'avais pas pris les jumelles, ne voulant pas avoir l'air de l'espionner. Je me mis à courir, puis je me rappelai que, du côté gauche où elle se dirigeait, il y avait une falaise rocheuse très escarpée qui bloquait le passage à marée haute. Or, la marée montait rapidement. Une fois rendue au bout de la baie, Marika allait être obligée de revenir sur ses pas. Je n'avais qu'à l'attendre.

J'enlevai mes sandales, qui étaient un souvenir de Key West, et je les laissai sur une roche. Je me rendis au bord de l'eau sans me presser, évitant les cailloux pointus, m'arrêtant pour tremper mes pieds nus dans les flaques d'eau tiède. En arrivant près de l'endroit où j'avais aperçu Marika par la lucarne du grenier, je ne vis aucune trace de pas, mais c'était normal puisque la marée avait monté. Je grimpai sur une grosse roche pour regarder vers l'extrémité de la baie. Il me fut impossible d'apercevoir la silhouette que je cherchais, ce qui n'était pas étonnant si l'on tenait compte de la distance et du grand nombre de rochers. Je marchai quelque temps dans la direction où elle avait disparu, puis je décidai de m'asseoir sur la grève, adossé à un rocher, pour attendre son retour. J'avais les jambes un peu molles.

Au bout d'un moment, je me rendis compte que ma fatigue était due en partie à la lutte que se livraient en moi, une fois de plus, mes exécrables sentiments contradictoires : j'avais hâte de voir Marika, mais en même temps cette perspective me remplissait de crainte. Honteux et mécontent d'être de nouveau partagé en deux, divisé contre moi-même, je résolus d'ignorer complètement les sentiments qui m'agitaient. J'essayai de penser à autre chose.

Ce n'était pas mon jour de chance, car il me vint alors une image que je connaissais bien, une image douloureuse qui venait souvent me hanter : celle de la bibliothèque où les rayons étaient ébréchés comme un vieux mur de brique parce qu'une jeune femme avait enlevé tous ses livres. Elle avait mis ses livres dans des cartons et elle était partie avec un homme qui ressemblait à Superman. Il n'était pas aussi grand ni aussi costaud, mais il avait un visage qui faisait vraiment penser à Superman. C'était une sorte de Superman en modèle réduit.

Je me demande pourquoi les images du passé, même quand elles sont vieilles, jaunies et poussiéreuses, sont capables de nous faire si mal. En plus, celle de la bibliothèque était très tenace et je dus recourir à un vieux truc pour m'en débarrasser. C'est un truc que tous les écrivains connaissent : il s'agit tout simplement de prendre la résolution d'inclure l'image dans l'histoire qu'on est en train d'écrire. Dès que j'eus résolu d'inclure l'image de la bibliothèque dans l'histoire que j'écrivais au grenier, je me sentis beaucoup mieux. Quels que soient les malheurs qui s'abattent sur la tête de l'écrivain, qu'il soit trompé par sa femme, abandonné par ses amis, envié par ses collègues, traqué par ses créanciers, il peut toujours se consoler à la pensée que son infortune deviendra la matière d'un prochain livre.

J'en étais là de mes réflexions, quand le clapotis tout proche de la marée vint me rappeler que le temps passait et que Marika n'allait pas tarder à revenir. Je me levai pour inspecter la batture, qui devenait de plus en plus étroite, mais je ne vis personne. Je montai encore une fois sur une grosse roche et, la main en visière à cause des reflets du soleil sur le fleuve, j'examinai systématiquement les rochers du rivage, puis la grève qui au loin se courbait comme une épaule, et même la falaise plantée de pins, mais il n'y avait pas âme qui vive. Il fallait attendre encore.

J'attendis une bonne demi-heure. Au bout de ce temps, la marée était au point le plus haut et Marika n'était toujours pas revenue. J'attendis encore quinze minutes, et alors ce fut le vieux Chagrin qui arriva. Il était seul. Il se frôlait contre mes pieds et c'était évident qu'il avait faim. Je décidai d'attendre cinq minutes de plus, et quand il vit que je restais là, il se mit à fureter dans un tas de détritus apporté par la marée ; d'après l'odeur, il y avait un poisson mort ou quelque chose de ce genre parmi les déchets.

La grève, légèrement inclinée vers l'eau qui maintenant la rejoignait, était déserte jusqu'à l'autre bout de la baie. Il n'y avait plus qu'à rentrer à la maison. Je m'arrêtai en chemin pour reprendre les sandales que j'avais laissées sur une roche. En inspectant la grève une dernière fois, je vis que le vieux Chagrin arrivait à toute vitesse.

14

QUATRE MESSAGES

Pendant que j'écris une histoire, mon âme devient plus opaque, je me renferme en moi-même et je crois bien que ma vie rapetisse. Je suis alors complètement esclave de mes habitudes.

Ainsi, depuis le début de l'été, je me levais tous les jours à huit heures trente, je buvais un jus d'orange et je mangeais des corn-flakes avec la moitié d'une banane, puis deux toasts avec du miel, et à neuf heures je montais au grenier en emportant ma tasse de café. J'écrivais jusqu'à midi. Après un lunch et une courte sieste, je me remettais au travail et ne m'arrêtais qu'au moment où j'avais écrit une page complète. Tant que cette page n'était pas terminée, il me semblait que je n'avais pas le droit de vivre, c'est-à-dire de marcher sur la grève jusqu'à la crique sablonneuse, de me balader en Volkswagen sans but précis, de manger un morceau de gâteau au chocolat avec deux boules de crème glacée, ou d'aller jouer au tennis avec mon frère.

Il aurait fallu une raison très spéciale pour que je rate un match de tennis. Pourtant, le tennis n'était pas vraiment un jeu pour moi. C'était plutôt un ensemble de rites, une sorte de cérémonial, et j'en prenais conscience au moment où je faisais l'inspection de mon sac pour voir si toutes mes affaires étaient là : mes Reebok, les deux paires de chaussettes, le short et le maillot, les deux raquettes Yonex, le *grip* de rechange, les balles jaunes Dunlop, la boîte de sparadraps et tout ce qu'il fallait pour prendre une douche après le match.

Pour me préparer mentalement, je fermais les yeux et je pensais à Martina Navratilova, la joueuse tchèque qui à cette époque était mon idole. Je la voyais s'avancer vivement au filet sur l'élan de son service et, les genoux fléchis, le corps penché vers l'avant, frapper une volée gagnante dans un coin du court. Elle revenait ensuite vers la ligne de fond, les yeux baissés comme si elle venait d'exécuter un coup très ordinaire. Toutefois, un spectateur attentif pouvait voir, l'espace d'un instant, un sourire de satisfaction éclairer son visage, puis le sourire cédait la place à un air résolu, presque farouche, qui révélait son caractère un peu masculin. De voir cette détermination et cette confiance en soi, deux qualités qui faisaient défaut à mon jeu plutôt défensif, cela m'aidait à mieux jouer.

Mais cet après-midi-là, en préparant mon sac, ce n'était pas à Martina Navratilova que je songeais : mes pensées allaient plutôt vers la silhouette élancée que j'avais aperçue un moment sur la grève.

Je me demandais ce qui allait arriver si Marika décidait de venir à la maison pendant mon absence… N'était-il pas possible, en effet, qu'elle ait besoin d'un outil pour réparer le voilier ? Ou bien qu'elle veuille dire un mot à la Petite, si toutefois elle la connaissait ? Ou encore qu'elle ait tout simplement le goût de boire un café ou quelque chose ?… On ne pouvait pas savoir, alors je lui écrivis un message, que je fixai à la porte moustiquaire avec une punaise :

Chère Marika,
Je vais jouer au tennis avec Francis, mon petit frère, mais la porte n'est pas fermée à clef. La Petite n'est pas là non plus au moment où j'écris ce mot ; elle doit être quelque part sur la grève. Je vous en prie, entrez et faites comme chez vous. De retour vers dix-sept heures.

Jim, votre voisin

Je rentrai dans la cuisine pour prendre mon sac de tennis et les clefs du minibus Volkswagen. Avant de partir, je décidai de lui laisser un second message sur la table :

Chère Marika,
Merci beaucoup d'avoir accepté mon invitation. Le café et le Nestlé Quik se trouvent sur la première tablette de l'armoire, à gauche de l'évier ; les biscuits aussi. Le sucre et les petites cuillers sont devant

vous sur la table. Il y a du lait et de la crème dans
le frigo. Je suis très heureux que vous soyez là.

Jim

Ayant laissé ce message bien en vue sur la table,
entre le pot de miel et celui de beurre d'arachide,
je pris mon sac, mes clefs, mais au moment de partir, je ne pus résister à l'envie d'écrire encore un mot,
que je mis cette fois à l'intérieur du frigo, juste
devant le litre de lait :

Chère Marika,
Si vous préférez le lait demi-écrémé, il y en a
un litre sur la tablette du bas. Mon chat n'est pas
venu manger à midi. Pourriez-vous lui donner un
plat de Puss'n Boots si vous le voyez ? La boîte est
aussi sur la tablette du bas. Il y a une excellente tarte
aux pommes sur la tablette du milieu : servez-vous,
je vous en prie ; vous trouverez de la crème glacée
à la vanille dans le congélateur.

Jim

Il se faisait tard. Je pris mes affaires en vitesse
et, ayant gravi le sentier menant au minibus, je fis
tourner le moteur et j'allais partir, quand je compris tout à coup que j'avais commis une erreur.
Marika allait venir par la grève. Comme le minibus se voyait de très loin quand il était dans son
parking en haut de la falaise, elle allait tout de
suite remarquer son absence. Elle ne s'approcherait

même pas de la maison et elle ne verrait pas le premier message ! Après un coup d'œil à ma montre, je coupai le contact et je redescendis le sentier aussi vite que possible. A la maison, je griffonnai le message suivant :

Chère Marika,
Le vieux Volks n'est pas là, et moi non plus, mais vous pouvez entrer quand même. Ça me réjouirait le cœur de savoir que vous êtes entrée, que vous avez bu du café ou du chocolat et mangé des biscuits, assise à ma place ou encore debout en regardant par la fenêtre. Simplement de savoir que vous êtes venue, je serais heureux. Même sans vous voir. A bientôt.

Votre voisin, Jim

Sortant de la maison en coup de vent, je courus sur la grève jusqu'à un rocher qui se trouvait à mi-distance entre chez moi et les éboulis. Je plaçai la feuille de papier sur le rocher, coincée entre deux cailloux, de manière qu'elle fût aisément visible pour une personne arrivant de la caverne. Sans perdre une seconde, je revins sur mes pas et je refis péniblement l'escalade de la falaise.

Je ne fus pas en retard au club de tennis, mais j'étais fatigué, j'avais les jambes comme de la guenille et je perdis le match contre mon frère. Quand je rentrai chez moi, je me sentais vieux et j'avais l'impression que je tombais en ruine comme la maison. Les quatre messages étaient encore à leur place, même le dernier, celui que j'avais mis sur la grève. Celui-là au moins, je me disais qu'il aurait pu disparaître, je ne sais pas moi, être emporté par un coup de vent ou par un goéland ou n'importe quoi.

15

LES PIÈGES DE L'AMOUR ET
DE LA DOUCEUR

Un soir, assise par terre dans la chambre de mon jeune frère, la Petite me raconta son enfance.

— Je pensais qu'il avait le droit, dit-elle en terminant son histoire.

— Pourquoi ? demandai-je.

— C'était mon père, dit-elle. Je veux dire…

Sa petite voix, un peu rauque, se brisa.

Elle était assise dans un coin, les bras croisés, et le vieux Chagrin était allongé sur ses jambes. J'étais en face d'elle, le dos appuyé au lit d'enfant. Comme elle avait la tête inclinée sur la poitrine, on ne voyait plus du tout ses yeux. D'habitude on lui voyait au moins un œil, l'autre étant caché sous une mèche de cheveux, mais ce soir-là, quand elle me fit le récit de son enfance dévastée, sa chevelure en bataille dissimulait presque tout son visage.

Elle me faisait penser à un animal traqué.

— C'était mon père adoptif, dit-elle. Je viens de l'Assistance. Mes vrais parents m'ont laissée quand j'étais petite. J'avais cinq ans.

— Avais-tu des frères et des sœurs ?

— Non. J'étais toute seule.

— Et ta mère, je veux dire ta mère adoptive, elle disait quelque chose ?

— Non.

— Elle avait peur de lui ?

— Je pense que non, dit-elle. Elle n'avait pas peur, mais elle trouvait que son mari avait trop besoin de… d'affection, alors elle n'était pas fâchée de me céder sa place. C'est Bungalow qui m'a expliqué ça. Tu comprends ?

— Bien sûr.

— Je n'avais pas peur de lui, moi non plus, continua-t-elle en caressant le vieux Chagrin.

— Ah non ? fis-je, un peu surpris.

— C'est difficile à expliquer, dit-elle, mais je vais essayer. Il était toujours gentil avec moi. Je n'ai pas été battue, ni menacée, ni rien de ce genre-là. Il avait une voix douce et grave, et il disait qu'on vivait une belle histoire d'amour, une histoire comme celle de Tristan et Iseut, et que personne au monde ne pouvait nous comprendre. J'étais prisonnière de toute cette douceur qui m'entourait. Je ne pouvais pas me révolter, je ne pouvais rien faire. J'étais comme dans un piège. J'avais seulement douze ans. Tu comprends ?

— Mais oui, dis-je dans un souffle.

Elle releva un moment la tête pour me regarder et, prenant le chat avec ses deux mains, très délicatement, comme une femme qui soulève un bébé, elle le mit contre sa poitrine. J'étais mal à l'aise. Je ne pouvais rien faire d'autre que l'écouter, le cœur à l'envers, espérant qu'elle n'allait pas se mettre à pleurer, car je ne voyais pas du tout comment je pouvais la consoler, moi qui étais un homme et qui avais certainement l'âge de son père adoptif…

Je décidai de faire confiance au vieux Chagrin. Il se comportait très bien. Il avait l'air de savoir exactement ce qu'il fallait faire : il ronronnait, il se pelotonnait contre elle, il lui montrait combien il appréciait ses caresses. Il lui disait à sa façon que la douceur n'était pas obligatoirement une catastrophe et qu'il ne fallait pas désespérer de l'humanité.

Finalement, la Petite se calma et je descendis à la cuisine pour préparer du chocolat chaud. J'avais peur que Chagrin ne fût tenté de me suivre, mais il resta sagement avec elle. Lorsque je revins avec les deux tasses dans une main et un bol de lait pour le chat dans l'autre, elle me demanda de lui chanter quelque chose. Je posai les tasses et le lait par terre, et, après avoir fait un effort pour me concentrer, je me mis à chanter *L'Eau vive* de Guy Béart. Elle releva de nouveau la tête et je vis qu'elle souriait parce qu'il y avait son nom dans la chanson : "Ma *petite* est comme l'eau, elle est comme l'eau vive…" C'était une vieille chanson que j'avais beaucoup aimée autrefois et je fis attention de ne pas chanter faux. Le vieux Chagrin lapait son lait pendant que je chantais. Quand j'eus terminé, la Petite but une gorgée de chocolat, puis elle demanda :

— Maintenant, raconte-moi quelque chose.

— Tu veux dire, un souvenir ? dis-je.

— C'est ça, un souvenir. Ton plus vieux souvenir… Pourquoi tu ris ?

— Je ris parce que, dans le temps où j'étais prof, un des sujets de rédaction que je donnais aux élèves, c'était "votre plus vieux souvenir".

— Je sais, dit-elle.

— Comment ça ?

— J'ai fouillé dans le coffre…

— Le coffre qui est dans ma chambre ? Le vieux coffre en cuir avec des ferrures dorées ?

— Oui. Es-tu fâché contre moi ?

Je pris le temps de boire une longue gorgée de chocolat.

— Mais non, dis-je. C'est pas grave.

— Tu aurais préféré que je demande la permission ?

— Ou… oui ! dis-je en hésitant.

Le vieux Chagrin, qui avait bu tout son lait, se frotta un moment les moustaches avec le revers d'une patte, puis il s'étira et retourna s'allonger sur les jambes de la fille.

— Est-ce que tu me donnes la permission de fouiller dans le vieux coffre ? demanda-t-elle d'une voix qui s'entendait à peine.

— Bien sûr, dis-je.

— Merci beaucoup. Et maintenant, raconte ton vieux souvenir, s'il te plaît.

Ma mémoire est bizarre : elle oublie presque tout, et cependant elle retient des détails insolites. Mon plus lointain souvenir remontait à l'époque où la maison de bois, pourtant déjà vieille, n'avait pas encore fait son fameux voyage sur le fleuve à bord d'une embarcation à fond plat qui devait la transporter jusqu'à ce rivage, au milieu de la baie, où depuis lors elle appuyait contre la falaise sa carcasse toute déglinguée.

La maison se trouvait encore dans le village, au bord d'une rivière, et c'était le temps des jeux qui n'avaient jamais de fin ni de frontières, et qui étaient, pour nous, non pas une partie essentielle de la vie, mais la vie elle-même. Un jour, en plein milieu d'une rude bataille opposant la police et les bandits, je perdis pied en dévalant un sentier abrupt et rocailleux qui traversait un terrain vague situé derrière la maison. Je tombai la tête la première, heurtant mon genou gauche contre une roche pointue, et je m'infligeai une profonde entaille au-dessus de la rotule. J'avais la jambe couverte de sang lorsque mon père, averti en toute hâte, me prit dans ses bras pour me ramener chez nous.

Ce dont je me souvenais avec le plus de précision, c'était que mon père avait une chemise blanche et que le sang qui coulait abondamment de ma blessure faisait une tache rouge sur sa chemise. J'avais peur qu'il ne me réprimande à cause de cette tache. Ce n'étaient ni la douleur, ni la crainte de mourir qui me tourmentaient, mais bien cette peur irraisonnée qu'il ne se mette en colère contre moi.

De cette aventure, j'avais gardé une petite cicatrice au-dessus du genou (on la voyait encore si on regardait très attentivement), et l'impression, sinon la certitude, que ma peur était nettement exagérée. J'avais beau fouiller dans mes souvenirs, en effet, rien dans le comportement habituel de mon père ne me semblait justifier une réaction aussi vive. S'il lui arrivait de s'impatienter et même de piquer des colères qui faisaient frémir son entourage, je me souvenais en revanche de l'avoir vu rire en des occasions où il eût pu se fâcher. Pourquoi donc avais-je éprouvé une telle frayeur à la vue d'une simple tache rouge sur sa chemise ?

— Peut-être que tu avais peur qu'il n'arrête de t'aimer, dit la Petite.

— Tu crois ?

— Mais oui. Tu avais besoin d'affection.

Elle vida sa tasse de chocolat et poursuivit :

— Quand on est petit, on a toujours besoin d'affection. Tu t'en souviens pas ?

— Mais oui, je m'en souviens. Pourquoi dis-tu ça ?

— Parce que… tu es plus vieux, dit-elle en cherchant ses mots.

— Ah bon ! fis-je, un peu vexé.

Elle prit le chat dans ses bras et, pour se rattraper :

— Tu ne te trouves pas vieux ? demanda-t-elle.

— Je suis vieux à l'extérieur et jeune à l'intérieur.

Elle réfléchit un moment.

— Peut-être que… c'était la même chose pour mon père adoptif ?

— J'en sais rien, mais ça n'excuse pas ce qu'il a fait.

— C'est vrai, dit-elle. Maintenant je le déteste. Je pourrais le tuer. Je déteste tous les adultes excepté toi et Bungalow… et quelques autres.

Elle se lança dans une longue tirade contre les adultes et j'eus un peu froid dans le dos quand elle expliqua le sort qu'elle allait faire subir à certains d'entre eux si jamais ils tombaient entre ses mains. Je savais toutefois que cette agressivité pouvait lui être salutaire et que le plus important pour elle était d'exprimer ses sentiments. Ce n'était pas le moment de lui dire que, même chez les gens plus âgés, le besoin d'affection restait une chose immense, infinie, hors de proportion avec la réalité et éternellement insatisfaite.

Je l'écoutais sans rien dire, buvant les dernières gorgées un peu amères de mon chocolat. Au moment où je commençais à m'inquiéter, sa colère tomba brusquement. Elle poussa un long soupir et se tut, et on n'entendit plus que le ronronnement du vieux Chagrin qui s'était endormi dans ses bras.

16

L'ODEUR D'UN CHAMP DE TRÈFLE

La première chose que je faisais, quand je montais au grenier le matin à neuf heures, c'était de relire la page écrite la veille. Comme je m'étais volontairement arrêté au milieu d'une phrase déjà toute construite dans ma tête (un truc appris du vieux Hemingway), cette relecture me donnait l'élan nécessaire pour commencer tout de suite la page suivante.

Certains jours, une surprise m'attendait : en relisant le texte de la veille, je découvrais que la phrase laissée en suspens avait été complétée et que plusieurs autres phrases avaient été ajoutées. Quelqu'un était monté au grenier pendant la nuit et avait écrit un bout de mon histoire à ma place...

Evidemment, tout cela est faux, je raconte des blagues ! Personne ne venait écrire mon livre pendant mon sommeil, mais il se passait tout de même un phénomène qui, pour être assez courant, n'en était pas moins étrange : je n'étais pas maître de ce que j'écrivais ; parfois même, j'avais l'impression que l'auteur était un autre que moi.

En juillet, cette perte de maîtrise s'accentua à tel point que la situation devint intolérable. Entre mes deux personnages (l'homme et la femme qui s'étaient connus dans un bar du vieux Québec), les rapports se mirent à évoluer dans un sens qui ne me plaisait pas du tout. Après leur première rencontre, ils s'étaient revus plusieurs fois dans le vieux Québec, où le festival d'été battait son plein, et ils avaient marché dans les rues, regardant les clowns et les musiciens, flânant aux terrasses des cafés, discutant de littérature et de cinéma, racontant des souvenirs de voyage ; ils faisaient durer aussi longtemps que possible le délicat plaisir qu'on éprouve toujours à faire la connaissance d'une personne qui nous plaît et avec laquelle on se découvre des ressemblances et des points communs.

Et voilà que, soudainement, au lieu de s'approfondir, leurs rapports avaient tourné à l'amitié. C'était une amitié très tendre, qui ne manquait pas d'attrait et qui était assez facile à décrire, surtout que je pouvais utiliser une partie de mes conversations avec la Petite, mais enfin tout cela m'éloignait de mon but, qui était d'écrire une histoire d'amour.

Quand vous commencez à écrire une histoire, vous êtes comme un voyageur qui a vu de très loin un château. Dans l'espoir de l'atteindre, vous suivez un petit chemin qui descend au flanc d'une colline vers une vallée couverte de forêt. Le chemin se rétrécit et devient un sentier qui s'efface par endroits, et vous ne savez plus très bien où vous êtes rendu ; vous avez l'impression de tourner en rond. De temps en temps, vous traversez une clairière inondée de soleil, ou vous franchissez une rivière à la nage. Au sortir de la forêt, vous escaladez une petite montagne. Parvenu au sommet, vous apercevez le château, mais c'est sur la colline suivante qu'il se trouve et il est moins beau que vous ne l'aviez cru : il fait penser à un manoir ou à une grande villa. Sans perdre courage, vous descendez encore une fois dans une vallée, vous traversez une forêt obscure en suivant un sentier presque invisible, puis vous grimpez au sommet de la colline et, à bout de force, vous arrivez enfin devant le château. En réalité, ce n'est pas un château, ni un manoir, ni même une villa : c'est plutôt une vieille maison délabrée et, curieusement, elle ressemble beaucoup à celle où vous avez passé votre enfance.

Ne voulant pas m'engager sur une fausse piste, je suspendis pour quelques jours mon travail au grenier, où il commençait d'ailleurs à faire une chaleur intenable, et je passai le plus clair de mon temps à me promener au bord de l'eau. Le vieux Chagrin venait avec moi quand la belle Vitamine ou ses amis les chats errants n'étaient pas là, et parfois c'était la Petite qui m'accompagnait, avec son air sauvage et ses questions sur le passé.

Quand j'étais tout seul, je me promenais avec un livre sous le bras, pour masquer l'embarras dans lequel je m'attendais à me trouver lorsque j'allais rencontrer Marika. Car c'est à elle, bien entendu, que je pensais en allant sur la grève. Elle n'avait toujours pas répondu à mon invitation et je ne savais plus très bien ce qu'il convenait de faire. Je n'étais pas retourné à la caverne ; j'avais seulement vérifié à distance qu'elle n'avait pas fini de réparer le voilier. J'espérais secrètement la rencontrer par hasard au cours d'une promenade solitaire.

Cependant les jours passaient et, cette rencontre fortuite ne survenant pas, il ne me resta pas d'autre solution que de me rendre à la caverne. Le jour où je décidai de lui faire une visite, la météo annonçait un temps très chaud, alors je quittai la maison tout de suite après le petit déjeuner. Chagrin était absent (je ne l'avais pas vu depuis deux jours), et la Petite, qui avait dormi dans la chambre de mon jeune frère, n'était pas levée. Je refermai doucement la porte de la maison.

Avec mes deux frères et ma sœur, j'allais souvent jouer à la caverne quand j'étais petit ; nous l'appelions, bien sûr, la "caverne d'Ali Baba". Dans la petite salle du fond, à l'abri de la marée haute, nous avions l'habitude de laisser des cannes à pêche, du bois sec, de vieilles chambres à air, des masques de plongée et des palmes, et toutes sortes de choses : c'était notre chez-nous, notre domaine, notre territoire.

De me remémorer cette époque, tandis que je me dirigeais vers la caverne, cela m'aidait à ne pas me sentir comme un intrus. Et puis, ce matin-là, mon âme était légère, limpide, presque aérienne, et je marchais d'un bon pas. Il n'était pas question que je me laisse envahir par mes doutes habituels, car cette visite était différente des autres. Cette fois, au lieu d'aller voir Marika par curiosité ou pour lui demander quelque chose, j'avais un petit cadeau à lui offrir : un texte de Paul Hazard. En faisant des recherches sur les *MILLE ET UNE NUITS* à la bibliothèque de l'université Laval, j'étais tombé amoureux de ce texte et je l'avais photocopié. Plus tard, à la maison, je l'avais soigneusement transcrit sur du papier à lettres et mis dans une enveloppe.

Je ne m'arrêtai même pas aux éboulis pour voir comment la situation se présentait et réfléchir à ce que j'allais faire. Le voilier était dans l'anse, tirant un peu sur son ancre parce que la marée descendait, et il n'y avait aucun signe d'activité à bord. Je marchai tout droit vers la caverne : à cette heure matinale, il ne faisait aucun doute que Marika était là, comme l'indiquait d'ailleurs la présence de la chaloupe à moitié au sec sur la grève. Juste avant d'entrer, je pris une grande respiration, je lançai très fort : "Bonjour !... Excusez-moi !" et je me faufilai aussitôt par la brèche, mon enveloppe à la main.

La première salle était vide, mais je respirai tout de suite une odeur spéciale... une odeur que j'avais déjà sentie dans les champs à la campagne. D'une voix mal assurée, je demandai s'il y avait quelqu'un. Pas de réponse. Je pris la lampe à huile et j'entrai dans la petite salle qui servait de chambre. Il n'y avait personne. Marika n'était pas là. J'avais du mal à le croire.

Pourtant, il y avait cette odeur très spéciale... Elle était partout et il me fallut quelques instants pour comprendre d'où elle venait : c'était le sac de couchage. Au lieu d'être enroulé comme la dernière fois, il était grand ouvert. Il avait l'air encore tout chaud de la présence de quelqu'un. J'approchai la lampe pour mieux voir. De couleur kaki, le sac avait beaucoup servi, cela se voyait aux nombreuses taches de gomme de sapin, aux salissures laissées par le charbon de bois et à des coutures faites avec du gros fil noir. C'était ce que l'on appelle un sac "momie", c'est-à-dire qu'il avait la forme d'une personne : on voyait bien le contour de la tête, l'arrondi des épaules, puis le sac se rétrécissait en allant vers les pieds.

Après un moment d'hésitation, je me penchai pour humer l'odeur qui s'en dégageait. Je fouillais dans mes souvenirs... et tout à coup la mémoire me revint : c'était l'odeur que l'on respire quand on est couché dans un champ de trèfle par une belle journée d'été.

Je revins dans la grande salle avec la lampe. Sur la tablette rocheuse, l'album des *MILLE ET UNE NUITS* était resté ouvert, et je fus surpris de voir que Marika était maintenant rendue au tiers du volume. Elle en était à l'"Histoire des amours de Camaralzaman, prince de l'île des Enfants de Khalédan, et de Badoure, princesse de la Chine". Je connaissais bien cette histoire : le prince Camaralzaman était amoureux d'une "dame inconnue" qu'il avait trouvée à ses côtés une nuit en s'éveillant et qui lui ressemblait étrangement. Elle avait disparu et il la cherchait partout, mais tout le monde lui disait qu'il avait rêvé.

Avant de quitter la caverne, je sortis de l'enveloppe le texte de Paul Hazard et je le plaçai à côté de l'album. Je pris le temps de le relire parce que je l'aimais beaucoup. Il était peut-être un peu long, mais je l'aimais vraiment beaucoup ; j'aimais les mots et la ponctuation :

"Quand Schéhérazade commença ses récits nocturnes et se mit à déployer, infatigable, les ressources infinies de son imagination, nourrie de tous les songes de l'Arabie, de la Syrie, de l'immense Levant ; quand elle peignit les mœurs et coutumes des Orientaux, les cérémonies de leur religion, leurs habitudes domestiques, toute une vie éclatante et bigarrée ; quand elle indiqua comment l'on pouvait retenir et captiver les hommes, non par de savantes déductions d'idées, non par des raisonnements, mais par l'éclat des couleurs et par le prestige des fables : alors toute l'Europe fut avide de l'entendre ; alors les sultanes, les vizirs, les derviches, les médecins grecs, les esclaves noirs, remplacèrent la fée Carabosse et la fée Aurore ; alors les architectures légères et capricieuses, les jets d'eau, les bassins gardés par des lions d'or massif, les vastes salles tapissées de soieries ou d'étoffes de La Mecque, remplacèrent les palais où la Bête attendait que la Belle s'éveillât à l'amour ; alors une mode succéda à une autre : mais ce qui ne changea pas, ce fut l'exigence humaine, qui veut des contes après des contes, des rêves après des rêves, éternellement."

17

SINDBAD LE MARIN

Je rentrai chez moi non pas découragé, mais déçu et un peu triste. Mon histoire d'amour était en panne et je n'arrivais même pas à voir Marika. Mes échecs s'accumulaient.

Il me sembla que la maison, appuyée comme toujours à la falaise, essayait à présent de s'accrocher aux vieux chênes qui l'encadraient ; elle était plus délabrée qu'au début de l'été. A l'intérieur, je cherchai vainement la Petite : elle était partie sans laisser un mot. Le vieux Chagrin n'était pas là non plus, ni Vitamine, qui pourtant venait très souvent depuis qu'elle attendait des petits. J'aurais été heureux de voir un chat, n'importe lequel, même le gros Chamouraï.

Je me préparai une omelette au fromage avec des toasts et du café, et je mangeai distraitement, l'esprit occupé à chercher une solution à mon problème d'écriture. Je cherchai tout l'après-midi en me promenant, en lisant, en faisant du ménage ou en ne faisant rien. Il m'aurait fallu une idée lumineuse, un éclair de génie, une inspiration soudaine, ou même quelque chose de plus modeste : une intuition, une image, un souvenir, mais je ne trouvai rien du tout. J'étais constamment ramené à la seule solution que je connaissais déjà : une rencontre avec Marika. Plus cette rencontre tardait à venir, plus elle devenait importante à mes yeux.

A la fin de l'après-midi, mon moral était si bas que j'en arrivai même à éprouver de la jalousie pour Schéhérazade ; je lui enviais son talent de conteur et la richesse de son imagination. De toute évidence, j'avais grand besoin de changer d'air et je téléphonai à mon frère pour lui demander s'il voulait jouer au tennis. Une heure plus tard, nous étions sur un court de terre battue à Québec. Après le match, en prenant une douche dans le vestiaire, il me vint tout à coup une idée qui, sans être géniale, était assez intéressante pour que je me demande comment il se faisait que je n'y avais pas songé plus tôt.

Mon frère savait déjà, dans les grandes lignes, ce qui s'était passé avec Marika et le voilier, et avec l'histoire d'amour que j'écrivais au grenier. Or, il possédait lui-même un petit voilier (plus précisément un dériveur), et je n'en avais pas tenu compte jusque-là. Je proposai donc qu'il fasse une promenade sur le fleuve et que, sous un prétexte quelconque – par exemple une avarie – il jette l'ancre près du voilier de Marika : il aurait alors toutes les chances au monde de la voir et de lui parler, et ensuite il pourrait tout me raconter.

Il accepta sans hésitation. Il est unique au monde, mon frère. Vous pouvez lui demander n'importe quoi, il est toujours d'accord. Il est à la fois doux et drôle, et il ne vous regarde pas dans les yeux parce qu'il est un peu timide, mais si vous croisez son regard, ne serait-ce qu'un seul instant, vous voyez très bien que ses yeux pétillent et qu'une sorte de flamme brûle en lui. Je n'étais pas surpris du tout qu'il accepte ma proposition. Ce qui me surprenait, en revanche, c'était que, pour lui parler de Marika, j'avais pris sans le vouloir un ton timide et emprunté. Exactement comme si j'étais amoureux d'elle.

Il fut convenu que mon frère allait faire sa promenade sur le fleuve dès le lendemain après-midi, et que nous nous reverrions le jour suivant, à dix-huit heures précises, sur le traversier qui faisait la navette entre Québec et Lévis. Nous avions choisi le traversier en souvenir du temps lointain où, étant beaucoup plus jeunes, nous passions de longues soirées et parfois des nuits entières sur ce bateau, à discuter de tout et de rien et à refaire le monde.

Cinq minutes avant l'heure dite, mon frère monta à bord du traversier. J'étais là depuis un moment, accoudé au bastingage du pont supérieur, et il me fit un signe de la main en franchissant la passerelle des piétons.

Dès qu'il m'eut rejoint, je lui demandai :

— Tu l'as vue ?

— Mais oui, dit-il sans me regarder. Je meurs de faim… On va manger un bon vieux hot-dog ?

— Si tu veux.

Je le suivis dans la salle d'attente, où il y avait un snack-bar, et il commanda deux hot-dogs à la serveuse. Maintenant que je savais qu'il avait vu Marika, je n'étais plus inquiet, je pouvais attendre. Il ne disait rien. Il regardait les journaux et les magazines. Quand la serveuse nous remit les hot-dogs avec deux Coca-Cola dans des verres en plastique, il m'entraîna sur le pont pour surveiller la manœuvre de départ. On entendait déjà le vrombissement du moteur. Une sonnerie courte et claire retentit et les passerelles furent levées. Mon frère mordit dans son hot-dog.

— Voici comment les choses se sont passées, dit-il.

Un matelot largua les amarres et le traversier quitta doucement le quai.

Mon jeune frère raconta que, poussé par un petit vent d'ouest, il n'avait pas eu de mal à se rendre dans la crique sablonneuse ; il avait jeté l'ancre à quelques mètres du voilier de Marika.

Je savais qu'il disait vrai.

— J'ai vu ton bateau, dis-je. J'étais au grenier et j'ai regardé avec les jumelles.

— Tu me surveillais ? demanda-t-il, l'air faussement indigné.

— Mais non, dis-je. J'étais inquiet et je voulais voir si tu étais là ou non.

— Et qu'est-ce que tu as vu ?

— Presque rien, c'était trop loin. J'ai seulement vu qu'il y avait deux voiliers.

J'avalai la dernière bouchée de mon hot-dog et je bus une gorgée de Coke. Le traversier s'éloignait de Québec en amorçant une large courbe. Mon frère avait les yeux tournés vers la terrasse et le Château Frontenac.

— Elle n'était pas sur son voilier, dit-il.

— Ah non ? fis-je.

— Non, elle était dans la caverne. Elle est sortie quand j'ai demandé s'il y avait quelqu'un.

— Et alors ? dis-je en retenant mon souffle.

— Alors j'ai dit que j'avais frappé une pitoune et que je m'étais arrêté pour vérifier si ma coque...

— Non ! Non ! Je veux dire : elle est comment ?

— C'est une belle femme, dit-il.

J'étais vraiment très heureux d'entendre cette phrase. J'avais l'impression que mon âme soupirait d'aise et qu'elle avait envie de s'envoler.

— Elle est assez grande et mince ? demandai-je en pensant à la silhouette aperçue au bord de l'eau.

— Exactement, dit-il.

— Avec des cheveux un peu frisés ?

— Oui. C'est drôle mais elle te ressemble un peu et...

Il hésitait et je lui fis signe de continuer.

— ... Et en même temps, dit-il, elle me fait penser à une chanteuse d'autrefois qui s'appelait... comment déjà ?

— Marlene Dietrich ?

— C'est ça.

— Elle a un visage plutôt osseux, les joues rentrées et des pommettes saillantes ?

— Oui, c'est tout à fait ça.

Nous étions rendus au milieu du fleuve et il soufflait une petite brise rafraîchissante. C'était un de ces moments où l'on a le sentiment que tout est parfait et où l'on voudrait que le temps s'arrête. Le traversier de Lévis s'approchait et, lorsqu'il passa près de nous, une jeune passagère agita la main pour nous saluer et mon frère lui rendit son salut. Il avait toujours beaucoup de succès avec les filles.

— Elle était habillée comment ? demandai-je.

— Marika ? Elle avait une jupe bleue en denim et un tee-shirt blanc. Elle était nu-pieds.

— Et qu'est-ce que tu as fait ? Vas-y, raconte !

— J'ai mis mon masque de plongée et mon tuba, et j'ai fait le tour de mon voilier sans me presser, ensuite j'ai nagé jusqu'à la rive et je lui ai dit que la peinture était éraflée mais que la coque avait bien tenu le coup. Alors elle m'a invité à entrer pour me sécher et me remettre de mes émotions.

— Et alors ?

— J'ai accepté. Il ne faisait pas froid dans la caverne, mais c'était un peu humide. Elle a fait du feu et elle m'a prêté une grande serviette de plage. Ensuite on a parlé.

— Vous avez parlé de quoi ? demandai-je.

— Le voilier et les réparations… le fleuve… les voyages… Et puis les *MILLE ET UNE NUITS*.

— As-tu remarqué où elle était rendue dans sa lecture ?

— Oui. Elle en était à l'"Histoire de Sindbad le Marin".

— Déjà !… Es-tu sûr ?

— Mais oui.

— Et mon texte, est-ce qu'elle en a parlé ?

— Quel texte ?

— Le texte que je lui ai laissé en cadeau ! Le beau texte de Paul Hazard !

— Ah oui ! Elle a dit qu'il était vraiment très beau. Elle trouve que c'est un cadeau magnifique et elle te remercie beaucoup.

— Elle a vraiment dit "un cadeau magnifique" ? demandai-je, incapable de dissimuler ma joie.

— Bien sûr, dit-il.

Cette fois encore, il ne me regardait pas. Il avait les yeux tournés vers le quai de Lévis, où le traversier allait accoster. Il y eut un coup de sirène, on attacha les câbles d'amarrage et, quand le bateau s'immobilisa le long du quai, les passerelles furent abaissées et les piétons descendirent en même temps que les automobiles.

Nous étions obligés de descendre, c'était le règlement, et un matelot s'approcha pour nous le rappeler, mais mon frère le connaissait – il connaissait tout le monde – et l'homme nous autorisa à faire le voyage de retour sans mettre pied à terre.

Mon frère avait encore faim.

— Veux-tu un sundae au caramel ou au chocolat ? demanda-t-il.

— Au chocolat, dis-je.

Il se dirigea vers le snack-bar et je lui emboîtai le pas. A ce moment précis, il me vint le sentiment très aigu que la ressemblance entre Marika et moi était une chose extrêmement importante et que j'allais rater ma vie si je n'en tenais pas compte. Mais ce sentiment ne dura qu'une fraction de seconde, le temps d'un éclair dans ma conscience, et je retrouvai aussitôt le plaisir un peu béat que j'avais éprouvé tout l'après-midi à cause de l'harmonie entre le soleil et l'eau, et de la présence chaleureuse de mon frère.

18

LA VIEILLE MAISON,
LES VOYAGES ET L'ÂME

Dans les jours qui suivirent. malgré une chaleur intense, je fis toutes sortes d'efforts pour retrouver le fil de mon histoire. Ce fut en vain : je n'arrivais plus à écrire. J'aime beaucoup mon travail et je n'en changerais pas pour tout l'or du monde, mais quand je ne peux pas écrire, je perds toute valeur à mes propres yeux.

Je sais maintenant ce que j'aurais dû faire. C'était le milieu de l'été, le temps des vacances pour tout le monde, et j'aurais dû me réjouir d'être en congé d'écriture. J'aurais dû en profiter pour réparer et repeindre la vieille maison, ou pour faire un voyage, ou même pour ne rien faire et réfléchir à n'importe quoi comme, par exemple, à la théorie des âmes que j'avais à peine ébauchée.

Réparer la maison n'aurait pas été un luxe. Si le toit ne coulait plus, grâce à Bungalow et aux filles, par contre il y avait plusieurs lézardes dans le papier peint des chambres de l'étage et dans les murs en bois de la cuisine : c'était la charpente de la maison sans doute qui faiblissait. Je n'avais rien trouvé de mieux, pour remédier à cette situation, que d'étayer les murs avec des madriers qui prenaient appui sur les vieux chênes plantés aux quatre coins de la maison.

Je ne crois pas que je me serais lancé dans de grosses réparations par cette chaleur. Cependant, un voyage ne m'aurait pas déplu. La vie sédentaire ne me convenait que dans la mesure où elle facilitait mon travail. Entre deux livres, j'avais sillonné les routes du Canada et des Etats-Unis au volant de mon vieux minibus Volkswagen. J'avais même fait transporter celui-ci en Europe pour visiter quelques pays. Et parfois, il m'était arrivé d'écrire en voyageant, le vieux Volks devenant alors ma maison, mon restaurant et mon bureau. Certaines pages, dont l'action se passait à Québec, avaient été écrites sur une plage de Key West, ou dans la baie de San Francisco, ou bien dans un parking de l'autoroute du Soleil, en France, ou dans un camping au flanc d'une colline de Florence, ou encore à Venise près de l'aéroport, ou en banlieue de Vienne ou de Prague : je tirais les rideaux du minibus, je mettais des boules dans mes oreilles et j'écrivais, bien à l'abri du monde extérieur, dans le silence bleuté de mon âme.

Car l'âme, comme je l'ai dit auparavant, n'est pas en nous mais autour de nous : elle nous enveloppe. Elle nous est donnée toute blanche et transparente à la naissance, mais elle prend vite une teinte qui varie du bleu horizon au bleu outremer suivant le tempérament de celui ou celle qui la reçoit. Bien qu'elle soit invisible, on peut quand même l'apercevoir, comme une sorte d'aura, pendant la nuit ou dans des circonstances très spéciales. Comme elle est attirée vers le ciel, elle tire le corps vers le haut, le forçant ainsi à se tenir debout ; la nuit, elle le laisse se reposer. Sa tâche principale est de protéger le corps, de lui garder sa vie et sa chaleur ; quand elle s'en va, le corps se refroidit. Son destin est de retourner dans le ciel, où elle doit recouvrer sa blancheur avant d'entreprendre une nouvelle mission terrestre. Il existe des liens de parenté entre les âmes ; il y a même des âmes sœurs, et elles se cherchent et sont malheureuses tant qu'elles ne se sont pas retrouvées.

Cette théorie était gratuite : elle n'était fondée sur rien et ne devait rien à personne. Et elle n'était pas complète, elle me venait encore par bribes, chaque fois qu'il m'arrivait d'y réfléchir. Pour étayer ma façon de voir, j'avais fait quelques recherches à la bibliothèque de l'université Laval. J'avais lu plusieurs ouvrages, notamment de Platon et des romantiques allemands, mais je n'avais pas trouvé beaucoup de choses. Il y avait toutefois des textes que j'aimais bien, comme celui-ci, qui était d'Albert Béguin :

"Elle [l'âme] sait qu'elle vient de plus loin que ses origines connues et qu'un avenir lui est réservé dans d'autres espaces. Devant le monde où elle est venue habiter, elle éprouve l'étonnement d'une étrangère transportée parmi des peuples lointains. Une anxiété profonde la saisit, lorsqu'elle se demande jusqu'où s'étend son propre domaine : provisoirement exilée dans le temps, elle se rappelle ou bien elle pressent qu'elle n'appartient pas tout entière au monde de cet exil. Penchée sur elle-même, ou tournée vers l'immensité sensible, elle cherche à percevoir ces mélodies secrètes qui, dans les sphères sidérales aussi bien que dans le tréfonds de la personne, ont encore l'accent d'une patrie regrettée."

19

LA DOUCHE EN CÉRAMIQUE BLEUE

Ce qui compte, ce sont les liens d'affection qui relient les gens entre eux, formant une toile immense et invisible sans laquelle le monde s'écroulerait. Le reste, auquel on consacre la plus grande partie de son temps en prenant des airs très sérieux, n'a que peu d'importance.

Je réfléchissais à cela un matin, assis dans la cuisine en buvant mon café, quand la porte s'ouvrit doucement et j'eus la surprise de voir Bungalow. Elle n'était pas venue depuis un mois.

— Bonjour ! dis-je.

— Excusez-moi si je n'ai pas frappé, dit-elle. Je pensais que vous étiez en haut et je ne voulais pas vous déranger. Je venais seulement pour dire un mot à la Petite.

Il était onze heures du matin, mais je ne travaillais pas : je n'avais pas encore trouvé la suite de mon histoire. J'étais ravi de voir Bungalow et je me levai pour l'embrasser sur les deux joues :

— Comment allez-vous ? demandai-je.

— Ça va, dit-elle. Et la Petite, elle est là ?

— Elle est sous la douche, dis-je en pointant du doigt la salle de bains du rez-de-chaussée.

— Et vous-même, ça va ?

— Assez bien, mais mon histoire est en panne.

— Depuis longtemps ?

— Trois semaines…

En réalité, c'était plutôt *deux* semaines. Et puis j'avais dit ça sur un ton plaintif, comme un enfant qui veut se faire consoler. Alors, pour me reprendre, je fis comme si l'écriture était un sujet dénué de tout intérêt.

— Et la Maison des filles, demandai-je vivement, ça va comme vous voulez ?

— Oui, mais on a beaucoup de travail, dit-elle.

— C'est pour ça qu'on ne vous voit plus ?

— Mais oui.

— On pensait que vous nous aviez oubliés…

Bungalow mit ses deux bras autour de mes épaules. Elle était plus grande que moi et plus solidement bâtie, et c'était très agréable d'être serré contre elle, de sentir ses muscles sur mes avant-bras et ses seins lourds sur ma poitrine.

— Quand on est mère poule, dit-elle, c'est pour la vie.

— Mère poule un jour…, commençai-je.

— … Mère poule toujours ! conclut-elle en riant.

Dans la salle de bains, le clapotement monotone de la douche s'arrêta, et on entendit la voix enrouée de la Petite :

— Est-ce que la mère poule pourrait venir m'essuyer le dos ?

Un peu trop rapidement à mon goût, Bungalow dénoua ses bras et me laissa seul dans la cuisine.

Pour passer le temps ou pour je ne sais quelle autre raison, je me mis à imaginer qu'elle était encore avec moi, que ses bras étaient encore serrés autour de mes épaules et qu'elle me demandait ce qui n'allait pas au juste dans mon histoire. Elle voulait que je lui raconte tout à partir du début. Autour de ses yeux, qui me regardaient avec beaucoup de chaleur, il y avait ces espèces d'étoiles que j'aimais tant, alors je lui racontai toute l'histoire en détail. Et lorsque j'arrivai à l'endroit où j'étais tombé en panne, une chose curieuse se produisit : en lui expliquant ce qui n'allait pas, j'eus tout à coup une idée qui allait peut-être remettre mon histoire en marche. Je la notai sur un côté de la boîte de Kleenex qui était sur la table. Il fallait la laisser reposer, attendre jusqu'au lendemain pour voir si elle tenait le coup.

J'adressai mentalement mes plus sincères remerciements à Bungalow. Elle était toujours dans la salle de bains, d'où venaient à présent des murmures, des chuchotements, des frottements, des rires étouffés, de petits cris… Puis la voix de la Petite s'éleva :

— Est-ce que l'écrivain pourrait venir nous voir ?

Une des raisons pour lesquelles j'aimais bien dormir dans la petite chambre du rez-de-chaussée, jadis occupée par la bonne, c'était qu'il y avait, juste à côté, une grande salle de bains. Dans cette dernière, mon père avait fait installer une douche vaste et luxueuse en carreaux de céramique bleu foncé, dont il avait trouvé le modèle dans un vieux numéro de *House and Garden*. Elle était si vaste qu'elle n'avait pas besoin de rideau et qu'il fallait descendre deux marches pour y accéder.

En entrant dans la salle de bains, je vis que Bungalow avait laissé ses chaussures au milieu de la pièce. Elle était dans la douche avec la Petite, qu'elle tenait enveloppée dans une serviette. C'était une très grande serviette de bain, sur laquelle on voyait un lion qui avait l'air aussi doux qu'un chat ; il ressemblait d'ailleurs à Chagrin. La Petite disparaissait presque sous la serviette : on apercevait seulement ses cheveux ébouriffés et un œil qui émergeaient par le haut. Bungalow, appuyée au mur de céramique bleue dans un coin de la douche, entourait la Petite de ses bras et lui frottait doucement le dos et le haut des fesses.

La Petite leva un peu la tête.

— Viens ! dit-elle d'une voix très faible.

J'avançai jusqu'au milieu de la pièce.

— Viens plus près, dit-elle.

Je m'approchai encore et elle me demanda d'entrer dans la douche, ce que je fis après avoir retiré mes *running shoes*. Il faisait très chaud dans la salle de bains.

— Il faut que tu regardes bien, dit la Petite.

— Bien sûr, dis-je. Mais pourquoi ?

— Pour voir comment on fait pour me frotter le dos, dit-elle.

La Petite reposa sa tête sur la poitrine de Bungalow, et de nouveau je ne vis plus que ses cheveux en désordre qui dépassaient de la serviette. Je l'entendais ronronner comme un chat tandis que la femme la serrait contre elle et lui frottait le dos. Mais ce que j'aimais le plus, c'était que Bungalow, tout en regardant vaguement devant elle, comme si elle était aveugle, lui murmurait des mots doux à l'oreille dans la langue universelle des mères poules.

rôle de maternité

20

LA BOÎTE AUX LETTRES

Le lendemain matin, je m'éveillai brusquement à sept heures, très énervé. D'habitude je dors au moins jusqu'à huit heures, mais ce jour-là j'étais impatient de vérifier si l'idée qui m'était venue la veille, pour relancer mon histoire, avait tenu le coup.

Je mis mes lunettes et je me précipitai à la cuisine pour relire la petite phrase que j'avais écrite sur la boîte de Kleenex. C'était mon jour de chance : elle tenait le coup, elle était aussi bonne que la veille ! Je pouvais me remettre à écrire !

L'idée était simple : puisque c'était l'amitié, et non l'amour, qui intéressait mes personnages, j'allais faire semblant de jouer le jeu. J'allais introduire un second personnage féminin, qui serait une amie de mon héroïne. Il y aurait ensuite une rencontre entre ce nouveau personnage et mon héros, et je verrais bien ce qui allait se passer. Cette idée offrait plusieurs possibilités à mes personnages : ils pouvaient tomber amoureux ; ils pouvaient devenir jaloux et se détester ; ils pouvaient essayer d'être heureux à trois. Tout ce que je savais, pour l'instant, c'était que ce nouveau personnage aurait les traits de Bungalow.

Je donnai son petit déjeuner à Chagrin et j'avalai le mien à toute vitesse. J'étais inquiet, je me dépêchais... Qu'est-ce qui pressait tant ? Rien, si ce n'est que, même après vingt ans de métier, la crainte que les mots ne cessent un jour de couler sous ma plume, et que je ne me retrouve comme un vieux puits asséché, cette crainte était encore si vive que j'en avais presque chaque matin le cœur serré et des crampes à l'estomac.

Ma tasse de café à la main, je montai au grenier en évitant de faire du bruit, car m'étant couché avant elles, j'ignorais si Bungalow et la Petite se trouvaient encore dans la maison. En haut, j'ouvris toutes les fenêtres, je mis en marche un vieux ventilateur électrique sur pied et je commençai à travailler.

Je ne redescendis à la cuisine qu'une seule fois, vers dix heures, pour manger une pomme et des biscuits au chocolat et me préparer un deuxième café. En passant devant ma chambre, je notai sans y prêter trop d'attention que la malle aux ferrures dorées avait été ouverte : elle était mal refermée.

Lorsque je m'arrêtai de travailler, un peu avant midi, j'avais écrit quinze lignes, c'est-à-dire une demi-page. J'étais assez content de moi, non pas à cause de ces quelques lignes, car il m'arrivait parfois d'écrire une page complète le matin, mais plutôt parce que, durant plus de trois heures, je m'étais bien absorbé dans mon histoire, ne me laissant distraire ni par les mouvements du fleuve, ni par la présence voisine de Marika.

Ce fut vers celle-ci, toutefois, que mes pensées se tournèrent tout de suite après mon travail. J'étais tout seul à la maison. Bungalow avait laissé un mot sur la table de la cuisine pour dire qu'elle me remerciait de l'hospitalité et qu'elle emmenait la Petite qui voulait aller en ville pour voir ses copines. Trop fatigué pour faire la cuisine, je mangeai ce qui restait de la salade au jambon de la veille, et un peu de crème glacée pour dessert. Quand il m'entendit ouvrir la porte du frigo, le vieux Chagrin monta de la cave, où il trouvait sans doute un peu de fraîcheur, et je lui donnai une petite boîte de sardines avec un bol de lait.

Après une courte sieste, je remontai au grenier, mais ce n'était pas pour travailler ; il faisait trop chaud. Je voulais plutôt réaliser un projet auquel j'avais réfléchi pendant que je mangeais tout seul : l'installation d'une boîte aux lettres sur la grève. Je voulais utiliser, avec quelques retouches, une maison de poupée qui avait appartenu à ma petite sœur.

Je découvris la maison de poupée dans un coin sombre, parmi un tas de jouets brisés, de vieux meubles et d'objets hétéroclites. Faite en bois, elle avait deux étages et un toit en pente, et elle était peinte en blanc et vert ; elle me parut assez jolie en dépit de la poussière qui la recouvrait, et elle était en bon état, à l'exception des volets, dont les pentures étaient déclouées. Mon père l'avait construite de ses mains pour l'offrir à ma petite sœur, l'été où elle s'était cassé une jambe en tombant d'un arbre. Très généreuse, ma sœur acceptait de jouer avec nous, alors nous installions la petite maison dans le sable et nous construisions autour d'elle un réseau de routes, de ponts et de tunnels, et puis d'autres maisons, une station-service, une église, une école, tout un village où se croisaient, dans un concert de cris et de klaxons, plusieurs familles et des chiens et des chats, des autos, une ambulance et un énorme camion de pompiers avec une grande échelle.

Je descendis la maison de poupée à l'atelier de la cave pour la dépoussiérer et remettre les volets en place. Ensuite, comme elle avait davantage l'air d'une cabane d'oiseaux que d'une boîte aux lettres, je décidai de la modifier un peu : j'inscrivis *COURRIER LOCAL* à l'encre indélébile sous une fenêtre de l'étage, puis, ayant découpé dans un morceau de tôle un petit drapeau, je le peignis en blanc et l'installai sur le rebord du toit en lui laissant assez de jeu pour qu'on puisse le lever ou l'abaisser au besoin.

Le vieux Chagrin m'accompagna sur la grève. En plus de la petite maison, j'emportais une masse, un marteau et des clous, et un pieu d'un mètre et demi de longueur, au bout duquel j'avais fixé une planchette horizontale. Je me rendis jusqu'à un rocher qui me semblait être à mi-chemin entre chez moi et les éboulis. Grimpant sur le rocher, j'enfonçai le pieu à petits coups de masse dans le sol graveleux, jusqu'à ce qu'il me parût assez solide pour résister au vent et à la marée. Je fixai ensuite la petite maison sur la planchette. Le chat sauta sur le rocher et examina la maison d'un air perplexe.

— C'est une boîte aux lettres, dis-je.

Il attendait visiblement une explication.

— Je vais te montrer, dis-je en le prenant dans mes bras. Tu vois, on glisse la lettre ici, par la fenêtre, et elle tombe dans le fond. On lève le drapeau blanc comme ceci pour indiquer au destinataire qu'il y a du courrier. Le drapeau blanc se voit de loin, alors le destinataire s'approche et il n'a qu'à ouvrir la porte de la maison pour prendre la lettre. Tu comprends ?

Il grommela quelque chose qui pouvait très bien passer pour une réponse affirmative, et je rentrai chez moi sans plus m'occuper de lui. Je n'étais pas mécontent de ma journée. Je pouvais maintenant retourner dans mon histoire, m'y plonger tout entier et ne pas faire très attention à ce qui se passerait aux alentours, et si Marika avait le goût de communiquer avec moi, elle pouvait toujours glisser un mot dans la boîte et lever le drapeau blanc.

21

LE PRINCE VAILLANT

Il faisait si chaud que, pour monter au grenier, je ne mettais qu'un short et mes sandales de Key West. Tous les matins, en dépit de la chaleur, j'entrais dans mon histoire, j'agrandissais peu à peu le petit monde que j'avais imaginé. Pour l'instant, les choses se passaient bien.

Mon héros se plaisait beaucoup avec le nouveau personnage féminin. C'était une femme de son âge, contrairement à l'autre, qui était plus jeune, et il avait vite compris qu'ils étaient en accord sur les choses essentielles. Il trouvait même qu'elle lui ressemblait physiquement et il sentait confusément, sans y avoir bien réfléchi, que des choses anciennes se levaient en lui, bougeaient un peu.

Elle avait un grand appartement dans la rue des Remparts, non loin de l'hôtel Louis-Jolliet, avec une belle vue sur le bassin Louise, le fleuve et l'île d'Orléans : un des paysages les plus beaux d'Amérique. L'appartement faisait penser à un jardin ou à une serre, tellement il était décoré de fleurs et de plantes vertes ; une demi-douzaine de chats y habitaient. C'était un endroit tranquille, ensoleillé et un peu mystérieux qui exerçait une grande fascination sur mon héros.

Et moi, comme d'habitude, j'étais tout près d'eux, dans les coulisses de leur monde imaginaire, et je les observais attentivement, le cœur plein d'espoir. J'espérais qu'ils allaient s'aimer, bien entendu, puisque mon but était toujours d'écrire une histoire d'amour. Mais j'espérais aussi qu'ils allaient trouver des façons nouvelles de communiquer entre eux. En quoi devaient consister ces "façons nouvelles", je l'ignorais complètement. Je devinais qu'elles ne devaient pas être du domaine de la sexualité : elles devaient être différentes, inédites et originales, c'est tout ce que je savais. Moi-même, je cherchais avec mes personnages, car l'écriture était pour moi, depuis toujours, un moyen d'exploration.

Mes espoirs étaient cependant mêlés de crainte, et je travaillais avec fébrilité : d'un jour à l'autre, je m'attendais à ce qu'un mot de Marika dans la boîte aux lettres, ou une visite impromptue, viennent me distraire de mon travail et me ramener à la réalité. Or, je me trompais, le dérangement ne vint pas de ce côté.

Une nuit, je fus réveillé par un bruit qui avait quelque chose de familier. Je me levai en maugréant et, après un arrêt à la salle de bains, j'entrai dans la cuisine : à la lueur de l'horloge Coca-Cola, ronde et lumineuse comme la pleine lune, je vis que le vieux Chagrin et Vitamine avaient renversé la poubelle, et que les restes du poulet que j'avais fait cuire la veille, et toutes sortes de détritus, jonchaient le parquet. A ma grande surprise, Chagrin ne mangeait pas : il regardait la belle Vitamine et j'eus l'impression qu'il veillait sur elle parce qu'elle attendait des petits. Je ramassai les os pointus pour éviter qu'elle ne se blesse, puis je versai à chacun un bol de lait qu'ils lapèrent bruyamment avant de disparaître dans l'escalier de la cave. Ils avaient l'air pressés. Je passai le balai dans la cuisine, ensuite je me préparai un chocolat chaud que je bus debout en regardant distraitement le fleuve par la fenêtre. Puis, je retournai me coucher.

Au moment où je commençais à m'assoupir, j'entendis un bruit de respiration dans la chambre. Je ne voyais pas bien, car la pièce n'était que faiblement éclairée par l'horloge électrique qui servait de veilleuse dans la cuisine, mais je savais que c'était la Petite. Depuis deux semaines, en effet, elle venait souvent dans ma chambre au milieu de la nuit : je me réveillais brusquement et je l'apercevais dans la pénombre, assise par terre dans un coin ou bien roulée en boule comme un chat sur ma descente de lit. Elle restait là sans rien dire et sans savoir, je suppose, que sa respiration oppressée, un peu sifflante, suffisait à m'empêcher de dormir. Au lever du jour, elle s'en allait sur la pointe des pieds.

La Petite respirait très fort. A travers mes paupières entrouvertes, je vis qu'elle était assise dans un coin, près du vieux coffre, et il me sembla qu'elle portait une chemise empruntée à mon petit frère. Elle avait les bras serrés autour de ses genoux repliés et, comme d'habitude, le visage à moitié caché par ses cheveux en broussaille. Bien sûr, je n'avais pas oublié ce qui s'était passé dans son enfance entre elle et son père adoptif... Que désirait-elle ? Voulait-elle éprouver ses forces ? Avait-elle tout simplement besoin d'affection ?... Je n'en savais rien. Blottie dans son coin, avec ses cheveux dans le visage, elle me faisait penser à un chat sauvage.

Tout à coup, elle toussota pour attirer mon attention et je fis semblant de me réveiller.

— Ah ! c'est toi ? dis-je en me redressant.

— Oui, dit-elle. Excuse-moi de te déranger.

— Ça fait longtemps que t'es là ?

Pas de réponse. J'allumai la lampe de chevet.

— Qu'est-ce qui ne va pas ? demandai-je.

— J'en sais rien.

— Tu te sens malade ?

— Non.

— Tu veux que je te fasse un chocolat chaud ?

— S'il te plaît...

Je n'avais pour tout vêtement qu'un tee-shirt, mais heureusement il était long : il descendait à mi-cuisses. Je me levai donc pour la deuxième fois cette nuit-là et je préparai encore du chocolat chaud. La grosse horloge marquait trois heures et demie. Quand je revins dans la chambre avec les tasses, la Petite était assise dans mon lit, les jambes repliées et l'unique drap tiré jusqu'au menton.

J'allais m'asseoir sur le pied du lit, mais elle souleva le drap pour m'inviter à venir près d'elle. Je posai d'abord les deux tasses sur la table de chevet, puis je m'installai à ses côtés, le dos calé contre un oreiller.

— C'est chaud, dis-je en lui tendant une tasse.

— Merci, dit-elle.

Elle buvait à petites gorgées, avec des murmures d'approbation. Je ne voyais plus du tout ses yeux. Parfois, dans les yeux de quelqu'un, on peut voir si son âme est bleu pâle ou foncé.

— Il est chaud, mais pas trop. Il est juste bien, dit-elle.

Elle vida sa tasse et me la donna pour que je la pose sur la table, puis elle s'essuya la bouche du revers de la main.

— Ça m'a fait beaucoup de bien, dit-elle.

— Tant mieux, dis-je.

Je buvais lentement. Parfois je peux siroter un chocolat ou un café pendant une heure. Je croyais que la Petite allait m'expliquer ce qui n'allait pas, et je fus étonné de la voir s'allonger sur le côté en me tournant le dos, comme si elle voulait dormir. Je l'entendis demander :

— Je peux rester une minute avec toi ?

— Bien sûr, dis-je.

— Le chocolat m'a fait du bien, mais j'ai encore une drôle de sensation.

— Tu te sens comment ?

— Je me sens… comme si tout le monde était parti et que j'étais un petit chien abandonné. Tu comprends ?

— Oui, dis-je en pensant au vieux Colley.

— Mais ça va changer, dit-elle. Bungalow a dit qu'elle m'aiderait... On va chercher ma vraie famille. On va faire des recherches dans les... registres paroissiaux.

D'une voix étranglée par l'émotion, la Petite évoqua un souvenir qui remontait à sa première enfance. Comme elle était tournée vers le mur, je n'entendais pas bien ce qu'elle disait, mais je compris que son vrai père l'emmenait parfois au bord d'un petit lac où il avait construit un chalet. Il la prenait sur ses épaules et marchait avec elle dans des chemins forestiers qui aboutissaient à un endroit où l'on apercevait la frontière des Etats-Unis. On pouvait donc en conclure qu'elle était née dans un village situé près de la frontière américaine, et c'est pourquoi Bungalow voulait faire des recherches dans tous les villages frontaliers.

— J'ai une grande affection pour Bungalow, dit-elle.

— Moi aussi, dis-je.

— Elle est *super*-maternelle... A la Maison des filles, quand je ne peux pas dormir, je vais la trouver dans son lit et on parle de toutes sortes de choses. Des fois, elle me raconte comment c'était à l'époque où elle vivait dans son bungalow avec son mari et ses enfants et son chien Whisky. Je me sens toujours bien quand je suis avec elle... Mais il se passe une chose curieuse : mes souvenirs commencent à se mélanger avec les siens et, quand je suis malheureuse, j'ai du mal à démêler ce qui est à moi et ce qui est à elle... Est-ce que je t'ennuie avec mes histoires ?

— Pas du tout, dis-je.

Je bus une gorgée de chocolat. Il commençait à être froid.

— Je me sens bien avec toi aussi, dit-elle, mais ce n'est pas pareil. Bungalow c'est vraiment comme ma mère. Elle me prend dans ses bras et elle me dit des choses qui m'aident beaucoup. L'autre jour, quand j'étais dans la douche, elle m'a dit une phrase… un proverbe ou quelque chose comme ça…

— Une maxime ?

— Je pense que oui… En tout cas, la phrase disait : "A cœur vaillant, rien d'impossible."

— C'est une belle phrase, dis-je.

— Tu trouves ?

— Bien sûr.

Je ne le disais pas uniquement pour lui faire plaisir. C'était une phrase courte, dépouillée, bien ramassée, et on ne pouvait pas enlever ni déplacer un mot. Elle avait toutes les qualités qui plaisaient au vieux Hemingway.

— La phrase m'a réchauffé le cœur pour une raison spéciale, dit-elle.

— Quelle raison ? demandai-je, car de toute évidence elle attendait que je pose cette question.

— A cause du *Prince Vaillant*, une bande dessinée que je lisais dans la bibliothèque de mon père quand j'étais petite. As-tu déjà lu ça ?

— Oui, dis-je dans un soupir.

Je me souvenais très bien. Plus on vieillit, plus il est facile de se rappeler les choses et les gens que l'on a connus et les lieux où l'on a vécu dans son jeune âge. Les détails qu'on avait oubliés, un seuil de porte usé par les pas, le motif d'un papier peint ou d'une tenture, la couleur d'un vieux fauteuil en velours – tout cela nous revient en mémoire avec une précision de plus en plus grande, comme si l'enfance était un pays que l'on retrouvait après une longue absence, et comme si le voyage de la vie n'était en réalité qu'une longue courbe fermée au bout de laquelle on revenait au point de départ.

— Tu dors ? demanda la Petite.

— Non, dis-je, mais j'ai fermé les yeux à cause des souvenirs.

— J'ai l'impression que tu es loin…

Elle se tourna à demi vers moi et me regarda un instant à travers la mèche qui lui couvrait les yeux, puis elle reposa sa tête sur l'oreiller.

— Tu n'es pas bien avec moi ? demanda-t-elle.

— Mais si, dis-je.

Ce n'était pas tout à fait vrai. Elle demanda :

— Est-ce que tu m'aimes un peu ?

— Bien sûr, dis-je.

— Dis-le, s'il te plaît.

— Je t'aime…

Ce n'était pas vrai, évidemment, mais je ne voulais pas lui faire de la peine. Je voulais lui donner l'impression que la vie était une grande source de chaleur et d'affection, que tout allait bien et qu'elle n'avait rien à craindre.

Allongeant le bras, elle éteignit la lampe de chevet et je devinai que, le dos tourné, elle se rapprochait de moi.

— Mets ton bras droit sous mon cou, dit-elle en soulevant sa tête.

Je fis ce qu'elle demandait. Elle remit sa tête sur l'oreiller et je sentis la tiédeur de son cou sur mon bras. Ensuite elle me demanda de mettre mon bras gauche autour de sa taille. Elle prit ma main et la guida de manière que mon avant-bras traverse sa poitrine en diagonale, puis elle mit sa main dans la mienne.

— Maintenant, dit-elle, plie les genoux et mets-les derrière les miens.

Je pliai les genoux, et je les plaçai au creux des siens comme elle disait, et j'entendis alors une sorte de ronronnement.

— C'est super !... murmura-t-elle. Maintenant je ne dis plus un mot. Je ferme les yeux et j'essaie de dormir un peu.

Au bout d'un certain temps, sa respiration se fit plus régulière. Je sentais la chaleur de son dos sur mon ventre et de ses cuisses sur les miennes. Sa peau dégageait une odeur qui me rappelait la poudre pour bébé Johnson.

Je n'osais pas bouger, car à présent elle avait l'air de dormir. Par moments, elle remuait un bras ou une jambe, ou encore elle était agitée d'un frisson. Je commençais à sentir des picotements dans mon bras droit, qui était coincé sous sa tête, mais je tâchais de rester immobile. Ce n'était pas désagréable d'être avec elle, dans la même chaleur, mais il y avait ce bras qui s'engourdissait de plus en plus : j'étais bien et mal en même temps, heureux et malheureux, comme on l'est toujours dans la vie.

Quand on est ensemble dans un lit et qu'on se tient serrés, parfois les âmes se diluent l'une dans l'autre, et les corps sont libres de communiquer autant qu'ils en ont envie. Mais, pour des raisons faciles à comprendre, cela ne pouvait pas arriver cette nuit-là.

Au petit matin, mon bras était tout engourdi et douloureux. Et puis, à cause des deux chocolats chauds ingurgités pendant la nuit, il faut dire que j'avais un urgent besoin d'aller aux toilettes. Plus le temps passait, plus ma situation devenait inconfortable.

La Petite dormait bien. Durant toute la nuit, je m'efforçai de ne faire aucun mouvement. Je résistai vaillamment à l'envie de bouger jusqu'au moment où la lumière du jour vint la réveiller.

22

LES VIEUX *RUNNING SHOES*

Pour que les âmes s'unissent, il faut un certain nombre de conditions ou de circonstances particulières. Ou encore, il faut que ce soient des âmes sœurs.

Lorsque deux âmes sœurs se retrouvent, après avoir été longtemps séparées, elles se diluent, se fondent l'une dans l'autre, comme je l'ai expliqué, et de cette union naît le bonheur le plus grand qui puisse exister sur la terre.

Mais ce bonheur terrestre, si grand et si pur soit-il, n'est pas fait pour durer éternellement : il arrive que les amoureux, au bout de quelques années, se lassent l'un de l'autre, ou bien soient attirés par une autre personne et, un jour, décident de se quitter. Et lorsqu'on doit se quitter, après avoir vécu sous la protection et dans la chaleur de la même âme, il se produit une déchirure dont on ne guérit pas de sitôt. C'est ce qui s'était passé quand ma femme était partie avec Superman.

Ma femme avait mis ses livres dans des boîtes en carton. Ce qui me désolait, ce n'était pas seulement que la bibliothèque ressemblait à un mur ébréché, c'était aussi que je perdais les livres de Gabrielle Roy, qui étaient parmi ceux que j'aimais le plus au monde. Je croyais qu'ils m'appartenaient, mais je me trompais : ils étaient tous à ma femme, sauf le plus ancien qui s'appelait *Bonheur d'occasion*.

Les boîtes de livres avaient été entassées près de la porte d'entrée, avec d'autres boîtes qui s'y trouvaient déjà, puis ma femme les avait portées une à une dans un petit camion. En regardant par la fenêtre, j'avais vu que Superman était là pour lui donner un coup de main et que le camion avait été loué chez Hertz.

Après avoir fermé la porte coulissante du camion, elle était venue s'asseoir dans la cuisine et j'avais fait du café. C'était un café spécial que j'achetais à Montréal, rue Saint-Laurent, et il était si bon que personne ne voulait croire qu'il était décaféiné.

Je lui avais apporté sa tasse à la place qu'elle préférait, à côté de la fenêtre. Cela se passait dans une petite maison d'un seul étage, perchée sur une falaise, et la fenêtre donnait sur un vaste terrain qui descendait en une pente douce et onduleuse vers le fleuve.

J'attendais, ne sachant pas si elle allait dire quelque chose, si elle allait donner une sorte d'explication. Mais elle se taisait. Superman était resté dehors près du camion. Je la regardais et je me disais que, dans le fond, je ne la connaissais pas beaucoup, pas autant que j'aurais pu, après dix ans de vie commune.

C'était une belle femme, intelligente et volontaire, et je n'avais rien à lui reprocher. Le visage tendu, le front buté, elle buvait à petites gorgées en regardant par la fenêtre. Il tombait une bruine si légère qu'on ne la voyait pas, sauf si on la regardait sur un fond sombre, comme le mur de la remise ou l'écorce des arbres. Il n'y avait pas d'émotions en moi, seulement un grand vide.

En fin de compte, elle n'avait pas dit un mot. C'était sans doute la meilleure façon d'éviter les pourquoi et les comment, les éclats de voix, les larmes, la déroute, la perte de la dignité. Elle s'était levée et elle avait fait une dernière fois le tour de la maison, saluant individuellement les deux chattes et leurs cinq petits, et moi en dernier, puis elle était partie. J'avais entendu le claquement des portières et le grondement du camion Hertz.

C'est à ce moment-là que la déchirure s'est produite. J'ai eu brusquement une très vive sensation de froid. J'ai eu très peur d'être seul et je me suis senti comme un enfant abandonné. J'avais beaucoup de mal à respirer.

Je ne sais pas exactement ce qui m'a pris : je me suis réfugié dans la penderie de notre chambre. J'ai refermé la porte et il ne restait qu'un tout petit rayon de lumière. Alors, dans la pénombre, j'ai craqué complètement : j'ai pleuré sans aucune retenue pendant je ne sais combien de temps, secoué par des hoquets et des frissons. Je me souviens que j'étais comme un naufragé au milieu d'une tempête, et que j'étais entouré d'une odeur forte et familière : l'odeur des vieux *running shoes* qui traînaient au fond de la penderie.

23

LE CŒUR DOUBLE

Je ne travaillais pas le samedi : c'était un jour réservé à des activités qui pouvaient me garder en contact avec la vraie vie. Quand je montai au grenier, ce samedi-là vers dix heures, c'était uniquement pour regarder par la lucarne. Je voulais voir si le voilier était toujours là et s'il se passait quelque chose de spécial sur la grève. Depuis quelque temps, je m'étais beaucoup enfermé dans mon histoire, ne sortant que pour de courtes promenades jusqu'à la boîte aux lettres, où du reste je n'avais pas encore trouvé de courrier.

Je ne vis rien de particulier sur la grève, et le voilier était bien à sa place.

Avant de redescendre, je ne résistai pas à l'envie de jeter un coup d'œil à mon texte. Je complétai la dernière phrase, que j'avais laissée en suspens comme d'habitude, et j'en écrivis une autre sans faire trop d'efforts, puis le début d'une troisième... et alors je m'arrêtai. J'étais sur le seuil de mon histoire, sur le pas de la porte, et je pouvais encore choisir d'entrer ou de rester à l'extérieur. Incapable de me décider, je posai mon stylo et descendis à la cuisine pour boire un café.

Pendant que l'eau chauffait, j'entendis un bruit venant de ma chambre et je m'approchai de la porte. La Petite était là, assise par terre à côté du vieux coffre aux ferrures dorées tout grand ouvert. Elle était environnée de toutes sortes de papiers, parmi lesquels je reconnus mes anciennes notes de cours, et elle tenait à la main *Le Vieil Homme et la mer* d'Ernest Hemingway.

— Excuse-moi, dit-elle. Je n'ai pas pu m'en empêcher.

— C'est pas grave, dis-je. Mais je suis surpris de te voir : je pensais que tu étais partie avec Bungalow pour faire des recherches dans les registres des paroisses...

— Elle n'est pas libre aujourd'hui. Elle doit rester à la Maison des filles parce qu'il y a une femme qui vient d'arriver ; elle a été battue par son mari et elle a un grand besoin d'affection... Alors je suis venue voir les animaux.

— Ah bon !...

Voyant que j'étais un peu vexé, elle raconta qu'elle avait aperçu une famille de ratons laveurs en haut de la falaise : un père, une mère et trois petits ; ils aimaient beaucoup les biscuits et c'était facile de les apprivoiser. Ensuite elle demanda :

— Est-ce que Vitamine a eu ses petits ?

— Je ne pense pas, dis-je, mais je ne l'ai pas vue depuis deux ou trois jours.

— Je l'ai cherchée dans toutes les chambres, ensuite je suis descendue ici et, en voyant le coffre, j'ai eu envie de fouiller un peu... Es-tu fâché ?

— Mais non, dis-je.

Elle me montra le roman de Hemingway :

— Est-ce que c'est un bon livre ?

— Très bon, dis-je.

— Alors pourquoi est-il caché dans le coffre ?

— Il n'est pas vraiment *caché*. Je l'ai... mis de côté, avec les notes qui se rapportent à Hemingway.

— Pourquoi ?

— À cause d'une histoire qui est arrivée autrefois. Une vieille histoire.

— Raconte, pour voir..., demanda-t-elle.

— C'est vraiment une vieille histoire et elle est un peu compliquée, dis-je.

— Ça ne fait rien, dit-elle. J'aime toutes les histoires.

Un retour douloureux sur mon passé n'était pas exactement ce que je souhaitais faire à cette heure matinale, mais il n'y avait pas moyen d'y échapper : les bras serrés autour de ses genoux fléchis, la Petite était déjà prête à m'écouter, et son œil bleu qui luisait sous la mèche en bataille me rappelait qu'il valait mieux parler franchement et dire toute la vérité.

Je lui demandai de venir dans la cuisine. Tandis que je me préparais un café instantané, je songeai à mon texte qui m'attendait au grenier avec la phrase laissée en suspens, puis je fis un effort pour l'oublier et me concentrer sur mes souvenirs.

— Dans ce temps-là, dis-je, j'étais professeur. Je donnais des cours et j'étais un spécialiste de Hemingway.

— Je sais, tu l'as déjà dit ! protesta la Petite.

— C'est vrai. Excuse-moi…

J'étais comme un homme frileux qui hésite à entrer dans l'eau froide. Je respirai à fond et décidai d'y aller sans détour.

— Quand ma femme est partie avec Superman, dis-je, j'étais complètement perdu et je ne savais plus quoi faire.

— Tu étais malheureux ? demanda-t-elle en s'asseyant à la table.

— Bien sûr, dis-je.

— Dis-moi comment tu te sentais, insista-t-elle.

Intérieurement, j'eus un mouvement de recul : la question me semblait dure et froide. Mais je savais bien que la Petite voulait simplement comparer mes sentiments avec ceux qu'elle avait elle-même ressentis, alors je m'efforçai de répondre avec précision :

— Je me sentais tout seul au monde. C'était comme si tout le monde m'avait abandonné et comme si je n'avais plus aucune valeur. En plus, j'avais peur de ce que les voisins allaient dire, mais ce n'était pas grave. Le pire, c'était cette impression que je ne valais plus rien. Tu comprends ?

— Oui, dit-elle. Merci beaucoup de me l'avoir expliqué. A présent, dis-moi ce que tu as fait.

— J'avais froid… J'étais gelé jusqu'aux os. J'ai commencé par mettre mon vieux chandail gris.

— Et ensuite ?

— Bof !… j'ai pleuré, dis-je.

— Longtemps ?

— Une journée ou deux… Peut-être trois.

— C'est pas très long, fit-elle observer.

— Tu as raison, dis-je. C'est pas très long.

— Et qu'est-ce qui est arrivé ensuite ?

— La douleur s'est atténuée, alors je me suis mis à réfléchir… J'ai essayé de voir ce qui n'allait pas dans ma vie.

La Petite leva la tête et je vis encore une fois briller son œil bleu.

— Et alors ? fit-elle.

— J'ai compris quelque chose, dis-je. J'ai compris que, durant toute ma vie, je n'avais pas vraiment été amoureux. J'avais seulement cherché de l'affection. J'avais fait un tas de choses pour que les gens m'aiment, mais moi je n'avais aimé personne.

— Même pas ta femme ? demanda-t-elle.

Je me mis à hésiter. Il aurait fallu distinguer entre l'amour, l'amitié, la douceur et tout ça, et je n'avais pas très envie de le faire. Je bus une longue gorgée de café et je répondis :

— Entre ma femme et moi, il y a toujours eu une sorte de grande tendresse et on était très bien ensemble.

La Petite fourrageait à deux mains ses cheveux blonds tout emmêlés, ce qui était chez elle le signe d'une intense réflexion. Elle répéta plusieurs fois le mot "tendresse". Elle le prononçait très doucement, d'une voix caressante, comme si elle voulait l'apprivoiser. Et soudainement, une traînée de lumière éclaira son visage.

— La tendresse, ça me plaît beaucoup, dit-elle avec chaleur. Maintenant, dis-moi ce que tu as fait.

— J'ai changé des choses importantes dans ma vie. J'ai quitté l'enseignement et je me suis mis à écrire. Et j'ai fait des voyages. J'ai acheté le minibus Volkswagen et j'ai commencé par faire le tour des Etats-Unis. Ensuite, j'ai mis le Volks sur un cargo et je suis allé en Europe : je voulais voir les villes dont j'avais entendu le nom quand j'étais petit, en écoutant les vieilles chansons de Brel et de Léo Ferré et de…

— Es-tu plus heureux qu'avant ?

La question m'arriva en plein visage, interrompant mon récit un peu vaniteux, et je fus décontenancé.

— Je ne peux pas répondre, dis-je.

— Fais un effort, dit-elle.

Je tentai vainement de rassembler mes idées. Je n'étais ni heureux ni malheureux. Je cherchais le bonheur d'une manière instinctive, comme tout le monde, et il m'échappait.

— Je ne sais pas en quoi consiste le bonheur, dis-je. La meilleure réponse, je crois qu'elle se trouve dans le livre que tu avais tout à l'heure, le livre de Hemingway.

— D'accord, je le lirai, dit-elle. Mais avant, il faut que tu m'expliques encore une chose. Dans tes notes de cours, tu demandes à tes élèves pourquoi une des histoires de Hemingway s'appelle *La Grande Rivière au cœur double*. Tu leur demandes de trouver la "vraie raison"… Est-ce que je peux savoir la réponse ?

— Excuse-moi, je ne m'en souviens pas du tout. J'ai une très mauvaise mémoire.

— Essaie de te rappeler…

— Tu sais, ça fait très longtemps, dis-je. Il faudrait que je relise mes notes.

— Fais comme tu veux… et prends tout le temps que tu voudras, dit-elle.

Malgré son jeune âge, cette fille était têtue comme une mule ; elle n'abandonnait jamais. Je me mis à faire les cent pas dans la cuisine, m'arrêtant de temps en temps pour aller lire quelquesunes des feuilles qui jonchaient le parquet dans la chambre. Je n'essayais pas vraiment de réfléchir. Je sentais que les mots "cœur double" éveillaient en moi une émotion un peu trouble, alors il valait mieux attendre. Parfois les mots font leur chemin tout seuls : il faut les laisser faire, leur donner le temps. Quelques images tout à coup arrivèrent à la surface.

— On dirait que ça vient, dis-je.

— Tant mieux, dit-elle, mais je ne suis pas pressée ni impatiente.

Parmi les images qui s'offraient à moi, il y avait une photo de Hemingway : il portait une casquette, une veste de chasse, un ceinturon bourré de cartouches et un fusil à double canon sous le bras, et il posait fièrement à côté d'un buffle abattu durant un safari. En décrivant cette photo à la Petite, je lui expliquai que c'était l'image la plus connue, mais qu'il y en avait une autre, plus secrète, que je demandais aux élèves de découvrir.

— C'est difficile ! protesta-t-elle, toute prête à me faire des reproches.

— Pas tant que ça, dis-je, car je leur donnais des textes à lire. S'ils les lisaient attentivement, ils étaient capables de trouver l'explication au "cœur double".

— Quels textes ? demanda-t-elle.

— Je ne me souviens pas exactement, mais il y en avait au moins trois. Le premier, c'était une interview donnée par Mary, la femme de Hemingway ; on lui demandait comment Hemingway réagissait à la légende qui faisait de lui une sorte de surhomme, et elle répondait que, pour lui, c'était "une image abusive et sotte (…), une des grandes idioties du siècle". Le deuxième texte, c'était dans *Papa Hemingway*… mais à quel endroit au juste ?

La mémoire me faisait défaut. Par chance, la Petite se souvenait d'avoir vu ce titre dans mes notes de cours. Elle se rendit dans la chambre, farfouilla dans les notes et revint au bout d'une minute avec un feuillet.

— Voilà ! dit-elle, l'air très satisfait.

— C'est bien ça, dis-je.

Le texte rapportait une brève conversation entre Hemingway et Hotchner. Le vieux Hemingway racontait comment il vivait au début, quand il habitait à Paris et qu'il était pauvre et que ses manuscrits refusés lui étaient retournés par la poste. Il disait à Hotchner : "Il m'est arrivé, lisant devant ma vieille table de bois une de ces fiches qui me renvoyait une histoire que j'avais aimée, à laquelle j'avais cru et travaillé très fort, de ne pouvoir retenir mes larmes." Alors Hotchner s'étonnait : "Je n'aurais

jamais imaginé que vous puissiez pleurer." Et le
vieux Hemingway répondait : "Je pleure, mon gars.
Quand la douleur est trop forte, je pleure."

Cette conversation ne sembla pas étonner la
Petite, qui demanda presque aussitôt :

— Et le troisième texte ?

— C'est une histoire de hibou, dis-je.

— Raconte, pour voir…

Cette fois, aucune recherche n'était nécessaire.
Je me souvenais très bien de cette histoire et je pus
la raconter en détail à la Petite. Un jour, Hemingway avait abattu d'un coup de fusil un hibou blanc
qui était perché au faîte d'un arbre. Le hibou était
tombé, mais comme il n'était que blessé à l'aile, il
avait décidé de le soigner et l'avait installé dans
son garage après lui avoir préparé une boîte garnie
de vieux vêtements. Tous les matins, au petit déjeuner, il lui apportait une souris qu'il avait attrapée
pendant la nuit ; il lui donnait de l'eau, s'inquiétait
de sa santé et l'aidait à réapprendre à voler. Le hibou
s'était laissé apprivoiser et ils étaient devenus de
bons amis.

— Drôle de bonhomme ! dit la Petite en se
grattant la tête. Il aime les animaux, et pourtant il
tire dessus avec un fusil. Je ne comprends pas
bien. Et toi ?

— Je ne sais pas, dis-je. Ça te semble bizarre ?

— Oui.

— Pourquoi ?… Explique-moi.

C'était évidemment un vieux truc de professeur :
je voulais qu'elle trouve elle-même la réponse.

— Il y a un rapport avec *La Grande Rivière au cœur double* ? demanda-t-elle.

— Bien sûr, dis-je.

Elle murmura : "Cœur double… cœur double…" et elle retourna dans la chambre pour fouiller dans mes notes de cours. Quand elle revint, je jure que je vis encore une fois son visage s'illuminer brièvement, sous sa mèche de cheveux, au moment où la vérité se faisait en elle.

— Maintenant je comprends un peu, dit-elle.

— Oui ?

— Le vieux Hemingway était comme partagé en deux.

— Oui…

— Il était agressif et il était doux, alors…

— …

— … Alors c'est *lui* qui avait un cœur double, dit-elle finalement. Est-ce que c'est la "vraie raison" que les élèves devaient trouver ?

— Exactement, dis-je.

Je m'attendais à voir apparaître sur son visage l'air triomphant qu'elle avait toujours quand elle était fière d'elle-même, mais au contraire elle fronçait les sourcils : elle cherchait encore quelque chose.

— Est-ce qu'on peut dire que le vieux Hemingway avait une moitié masculine et une moitié féminine ? demanda-t-elle.

— Je pense que oui, dis-je.

— Et tu crois que tout le monde a un cœur double comme lui ?

— Ça se pourrait.

Je regardais son visage et cette fois je vis qu'elle était contente. Mais elle n'avait pas l'air triomphant, elle avait plutôt un sourire de satisfaction qui me parut empreint d'une grande douceur. Elle regagna la petite chambre, sans doute pour mettre de l'ordre et fermer le coffre aux ferrures dorées. En déposant ma tasse vide dans l'évier de la cuisine, l'idée m'effleura que je pouvais encore remonter au grenier, mais je décidai finalement qu'il valait mieux ne pas travailler ce jour-là et profiter de l'été pendant que le temps était au beau fixe.

24

L'APPARITION

En août, la chaleur n'avait pas diminué. Un matin, encore tout endormi, je regardais distraitement par la fenêtre de la cuisine et… je me rendis compte que je ne voyais rien, ou presque ! Je ne voyais même pas la grève ; je distinguais à peine la tache blanche des quatre bouleaux qui se serraient peureusement devant la maison. Je crus un instant que la vitre était couverte de buée, mais il n'en était rien : c'était le brouillard. La maison et toutes les choses alentour étaient enveloppées du brouillard le plus épais que j'aie vu de toute ma vie.

Ce fut une étrange journée. La Petite se remit à porter des déguisements comme elle le faisait au début. Chaque fois que je descendais du grenier pour manger ou me faire du café, je la voyais se promener avec les vieux vêtements de mon petit frère ou de ma sœur. La belle Vitamine, qui venait d'avoir une portée de trois chatons tigrés, se confinait à la cave avec le vieux Chagrin, et toute la maison était envahie par des chats errants qui s'affrontaient en poussant de longues plaintes semblables à des pleurs d'enfant. Et, sur le fleuve invisible, il y avait par intermittences le mugissement des sirènes de bateaux.

De toute la journée, je fus incapable d'écrire. Pourtant, je n'étais pas comme un puits à sec. Au contraire, j'étais agité par toutes sortes de sensations et d'intuitions qui créaient en moi des remous inhabituels, mais tout cela était imprécis et difficilement traduisible en mots. Je ne comprenais pas bien ce qui se passait. Je me sentais différent, étranger à moi-même.

Le soir, vers huit heures, je sortis de la maison pour me changer les idées. Même s'il faisait encore jour, le brouillard était si épais que je ne voyais pas à dix mètres devant moi. J'avais pris une lampe de poche, mais le jet de lumière m'éblouissait en se reflétant sur la brume comme sur un mur blanc, alors je l'éteignis. Le vieux Chagrin était avec moi et il grondait chaque fois qu'on entendait une sirène de bateau.

Sur la grève, je fis quelques pas en direction du fleuve, puis j'obliquai à droite. Le vieux chat me suivait de près comme s'il avait besoin de protection. Je marchais très lentement, regardant où je mettais les pieds et tâtant parfois le sol avec le bout d'un bâton qui me servait de canne. De crainte que la pente de la grève ne m'entraîne vers l'eau, que je ne voyais pas, je suivais la ligne presque continue du varech et des détritus abandonnés par la marée du matin. Pour une fois, Chagrin ne fouillait pas dans les déchets : très inquiet, il se collait à mes jambes, et moi-même je n'étais pas du tout rassuré.

Je marchais depuis dix ou quinze minutes en direction de la caverne, quand le chat, de plus en plus agité, se mit à gronder et à cracher. Cette fois, ce n'était pas à cause d'une sirène de bateau. Je prêtai l'oreille, m'arrêtant pour mieux écouter, mais je n'entendis aucun bruit. Quelques instants plus tard, toutefois, je distinguai des glissements furtifs et, par intervalles, des craquements : cela ressemblait à des bruits de pas.

Tout à coup, les bruits se firent tout proches. Le vieux Chagrin se sauva à toute vitesse vers la maison, et si je n'en fis pas autant, ce fut uniquement par crainte de me blesser en trébuchant sur une roche ou une branche morte. Regardant autour de moi, j'aperçus à quelques mètres sur la gauche la boîte aux lettres et le rocher sur lequel j'avais grimpé pour l'installer. Je me blottis rapidement contre le rocher et, le cœur battant à tout rompre, j'attendis de voir quelle était la personne qui venait à ma rencontre dans le brouillard.

Ce fut le silence pendant quelques secondes, puis de nouveau j'entendis très distinctement les bruits de pas. Et soudain, je vis une silhouette féminine à travers le brouillard. Elle disparut aussitôt, mais ce n'était pas une hallucination : l'espace d'un instant, j'avais bien vu une forme élancée, vêtue d'une longue chemise de nuit blanche. Il me semblait même avoir aperçu un visage mince et osseux, mais pour ce détail il est possible que la description de Marika, faite par mon frère sur le traversier, m'ait influencé.

Je restai immobile, blotti contre le rocher, long-temps après que la silhouette eut disparu dans le brouillard. Puis un air plus frais, venu du fleuve, me fit frissonner et je retrouvai un peu mes esprits. La nuit était tombée. J'allumai la lampe de poche et je rentrai chez moi le plus vite possible, en diri-geant le jet de lumière sur le sol devant mes pas, pour éviter d'être aveuglé par le reflet. A la maison, je trouvai le vieux Chagrin allongé près de Vita-mine qui nourrissait ses petits. Tous les chats errants avaient disparu. Je visitai toutes les chambres et je montai au grenier pour essayer de trouver la Petite, mais elle n'était pas là.

Encore agité de frissons, à cause de la fatigue et de l'énervement, je me versai un doigt de gin avec de l'eau chaude et du miel, et j'allai m'asseoir avec mon verre dans la galerie vitrée. Le gin me procura une sensation de détente, sans toutefois apaiser les émotions que je ressentais. L'apparition de Marika, que je cherchais à voir depuis trois mois, aurait normalement dû me réjouir ou provoquer chez moi des sentiments contradictoires… Or, cette fois, j'éprouvais nettement de la crainte, une crainte très vive qui, par ses manifestations physiques, était presque de l'angoisse.

25

UN NOUVEAU MONDE

Je ne suis pas très doué pour l'introspection. Le plus souvent, je glisse à la surface des choses, comme un radeau à la dérive qui ne sait rien de ce qui se passe dans les profondeurs de la mer.

Ainsi, je n'ai pas réussi à comprendre pourquoi l'apparition de Marika m'avait rendu si nerveux et si inquiet. Etait-ce parce que le brouillard lui avait donné un caractère irréel et presque fantomatique ?... Ou parce que cette apparition avait réveillé en moi quelque souvenir troublant ou menaçant ? Cette dernière explication me parut plus juste car, dans les jours qui suivirent, plusieurs événements du passé me revinrent en mémoire. Parmi ces événements, celui qui vint me hanter avec le plus d'insistance s'était produit peu de temps après le départ de ma femme.

Quand ma femme était partie avec Superman, je n'avais pas cessé de penser à elle. J'étais obsédé par le désir de la revoir, même après que la douleur de la séparation se fut apaisée.

Et un jour, j'ai reçu un coup de fil : ils m'invitaient à passer le week-end avec eux dans un chalet qu'ils avaient loué aux Eboulements. Tout le monde sait que, pour se reposer durant l'été, il n'existe pas d'endroit plus agréable que Les Eboulements et Saint-Joseph-de-la-Rive. J'ai mis quelques affaires dans un sac et, sans perdre un instant, j'ai pris la route au volant de la Volvo sport que j'avais à cette époque.

A mesure que je m'éloignais de la petite maison perchée sur la falaise, que je m'insinuais dans le paysage, que la douceur de l'air et la chaleur du soleil coulaient sur moi, qui ne faisais qu'un avec la voiture de sport, je sentais fondre l'amertume qui était restée dans le secret de mon cœur. La route était bonne pour moi : elle me consolait.

De toutes celles que j'ai parcourues, la route qui sait le mieux consoler, la route la plus maternelle, c'est peut-être celle qui, partant de Québec, sur la rive nord du fleuve Saint-Laurent, vous conduit par monts et par vaux dans les Laurentides, les plus vieilles montagnes du monde, jusqu'à la ville de Baie-Saint-Paul. Vous traversez cette ville et, quelques kilomètres plus loin, toujours sur la route qui suit le bord de l'eau, vous grimpez une colline, puis vous tournez à droite en apercevant un panneau indiquant Saint-Joseph-de-la-Rive : alors s'offre à vos yeux étonnés une descente abrupte à vous couper le souffle, que vous abordez avec prudence, en première vitesse, le pied sur le frein et le cœur serré, à la fois inquiet et émerveillé de voir s'élargir devant vous un paysage immense et mouvant où l'eau, l'air et la terre se mélangent, où les longues barges semblent naviguer dans le ciel, et où les îles du fleuve se confondent avec les navires

– un paysage où tout vous donne l'impression d'entrer dans un Nouveau Monde.

Pour se rendre au chalet, il fallait descendre cette côte à pic, traverser Saint-Joseph-de-la-Rive et, à la sortie du village, emprunter un chemin de terre qui remontait au flanc de la falaise. Superman et ma femme étaient dans le jardin quand je suis arrivé ; ils se faisaient bronzer sur un grand matelas pneumatique et ils ont remis leur maillot de bain pour me souhaiter la bienvenue.

Tout l'après-midi, en buvant de la bière et du vin, on a parlé de choses et d'autres mais surtout de littérature. C'était intéressant et parfois drôle parce que Superman, qui était un peintre, avait lu un grand nombre de romans et de poésies, et que, venant de Montréal, il avait fréquenté le milieu littéraire et son cercle étroit d'amitiés exclusives et de petites médisances. Ma femme parlait peu et souriait beaucoup, l'air timide et les yeux doux, et elle s'occupait de moi autant que de Superman. En fin d'après-midi, comme la marée approchait de son niveau le plus bas, nous sommes descendus à pied tous les trois sur la grève, à gauche du quai, pour faire un pique-nique et marcher sur la batture.

A marée basse, la batture de Saint-Joseph-de-la-Rive est une des plus longues et des plus agréables que je connaisse. On a devant soi une vaste étendue de sable, avec des nappes d'eau tiède qui sont douces pour les pieds nus et des rochers où l'on peut s'asseoir pour se reposer et rêver en regardant l'île aux Coudres. On est libre d'aller où l'on veut.

On marche au hasard et, après quelque temps, on n'est plus qu'un petit point noir sur la batture et on a le sentiment de disparaître dans le paysage. Si on le désire, on peut enlever ses vêtements et marcher tout nu au soleil comme Adam ou Eve.

Nous avons marché longtemps, très longtemps au soleil, ce jour-là, parfois tous les trois ensemble et parfois dispersés, et lorsque nous avons regagné la rive, nous avions très faim et très soif. Le lunch que nous avions apporté, y compris un pot d'olives et un énorme sac de biscuits, nous l'avons avalé très vite et nous avons bu du vin. Beaucoup de vin. Pour tout dire, nous étions complètement ivres à la fin du repas, et moi-même, qui ne suis pas un grand buveur, j'étais dans un tel état que j'ai proposé à Superman et à ma femme une baignade au clair de lune. Dieu sait pourtant que j'ai horreur de me baigner dans les eaux froides du fleuve.

Ils ont trouvé que c'était une bonne idée, mais il fallait attendre la marée haute et, pour passer le temps, nous avons encore bu du vin et fumé du hasch, et ensuite je ne me souviens plus très bien : je crois que j'ai dormi une heure ou deux, enroulé dans une couverture, et j'ignore ce qu'ils ont fait pendant ce temps.

La marée était haute quand je me suis réveillé. La lumière qui venait de la pleine lune était si intense que le fleuve avait l'air d'être éclairé par un projecteur. Je ne sais pas si j'étais encore ivre mais l'eau ne m'a pas semblé trop froide, juste un peu fraîche. Après la baignade, toutefois, j'ai senti tout à coup le froid me pénétrer. Je me suis mis à frissonner et à claquer des dents. J'ai remis mes vêtements, je me suis enveloppé dans une couverture de laine et j'ai même couru un moment sur la grève, mais je ne pouvais pas m'arrêter de grelotter. Mon âme ne parvenait plus à me réchauffer. Je crevais de froid. Alors j'ai crié aux autres que je rentrais au chalet et je suis parti.

Couché dans le lit de la chambre des visiteurs, enfoui sous plusieurs couvertures et une épaisse courtepointe, je grelottais, je frissonnais encore comme une feuille quand ils sont entrés. Ils se sont regardés l'un l'autre, puis très vite ils ont quitté leurs vêtements et se sont couchés avec moi. Ils se sont mis tout près de moi pour que je sente bien leur chaleur, mais ce n'était pas suffisant. Alors ils se sont allongés sur moi l'un après l'autre, Superman d'abord et ma femme ensuite, et au bout d'un moment j'ai cessé de grelotter. J'ai commencé à me sentir mieux. C'était comme un dégel : mes muscles se sont détendus et j'ai senti que tout mon corps était envahi par des ondes de chaleur.

Après ce dégel, on a été emportés tous les trois par un grand courant de désir et de tendresse, les deux sentiments tout mélangés, comme étaient mélangées aussi les mains et les bouches et les odeurs – un courant large et puissant comme une débâcle, qui charriait du plaisir mais aussi de la générosité et parfois de la douleur, et qui nous a finalement abandonnés au petit matin sur un rivage inconnu, avec des yeux rapetissés et des âmes un peu meurtries.

26

LE POULET AU MIEL

La Petite dormait comme une marmotte dans le petit lit à barreaux métalliques de mon frère. Je lui touchai l'épaule le plus doucement que je pus, mais elle s'éveilla en sursaut, se dressant sur un coude et me regardant avec des yeux de bête traquée.

— C'est rien, dis-je pour la rassurer. C'est rien du tout. Il est l'heure de te lever.

Elle m'avait demandé de la réveiller de bonne heure, car Bungalow devait venir la prendre, ce matin-là, pour commencer les recherches dans les registres paroissiaux. Elle se frotta les yeux avec un peu de salive (c'était la seule toilette qu'elle faisait le matin), puis elle descendit à la cuisine. Assise en face de moi, tête baissée, le visage abrité sous sa mèche blonde, elle but sans dire un mot le jus d'orange que je lui avais préparé. Elle ne sembla pas remarquer que, pour lui faire plaisir, j'avais ajouté un peu de sucre dans son verre. Le seul moment où elle sortit de son mutisme, ce fut lorsque le vieux Chagrin sauta sur la table pour boire le lait de ses corn-flakes : elle lui murmura alors quelques mots incompréhensibles qui avaient les inflexions caressantes du langage des chats.

Trois coups de klaxon – un long et deux brefs – signalèrent l'arrivée de Bungalow en haut de la falaise. La Petite sortit de la maison en coup de vent et je dus courir après elle pour lui donner le sac d'épicerie dans lequel je lui avais mis des sandwiches au beurre d'arachide, des pommes et un thermos de café.

Après avoir nourri les chats, j'emportai ma tasse de café au grenier pour essayer d'écrire. Depuis une semaine, je ne travaillais pas bien. Il m'est pénible de l'avouer, mais j'avais eu l'idée saugrenue d'inclure dans mon histoire des scènes d'amour à trois, semblables à celle que j'avais vécue avec Superman et ma femme. Cette idée, dont je peux dire pour ma défense qu'elle m'était venue dans une période de stérilité, avait quelque peu refroidi les rapports entre mes personnages, et voilà que je m'éloignais encore une fois de l'histoire d'amour que je voulais écrire.

C'était entièrement ma faute : à court d'inspiration, j'avais introduit dans mon histoire la première idée qui m'était venue à l'esprit… Quelquefois, pour écrire, on ne trouve rien d'autre que les débris de sa propre vie.

Ce jour-là et les jours qui suivirent, dans l'espoir de sortir de cette impasse, je travaillai une heure de plus que d'habitude, mais ce fut inutile. Le matin, quand je relisais les quelques phrases écrites péniblement la veille, mon texte me paraissait insipide, dénué de tout intérêt, et je le raturais pour recommencer à neuf.

De son côté, la Petite rentrait chaque soir à la maison un peu plus déçue que le soir d'avant. Je n'avais pas besoin de lui poser de questions, il n'y avait qu'à voir son air sombre pour comprendre que, malgré ses efforts et ceux de Bungalow, elle n'avait trouvé aucune trace de sa vraie famille. Par dépit, elle s'enfermait à la cave et passait de longues heures avec Vitamine et ses chatons tigrés. A la fin de la semaine, il me semblait que son visage avait pris la couleur jaunâtre des vieux registres paroissiaux.

Le vendredi soir, je décidai de lui faire un poulet au miel. Je n'ai pas beaucoup de talent pour la cuisine, et c'est un domaine qui ne m'intéresse guère – je suis capable de manger des spaghettis pendant une semaine – mais le poulet au miel est une des deux ou trois recettes que je ne réussis pas trop mal. C'est facile : il suffit de bien préparer la sauce avec du beurre, du miel, de la moutarde et du curry, et d'arroser le poulet à plusieurs reprises pendant qu'il cuit au four.

La Petite vint s'asseoir à table avec un vieux tee-shirt déchiré et des jeans tachés de peinture. Depuis un bon moment, l'odeur du poulet au miel embaumait la cuisine et probablement le reste de la maison, mais elle fit semblant de ne pas le remarquer. Elle posa sur la table son sac d'épicerie et sortit un sandwich au beurre d'arachide qu'elle n'avait pas mangé à midi.

— Tu ne veux pas du poulet ? demandai-je.

— J'ai pas très faim, dit-elle, l'air maussade.

— Même pas une petite portion ?

Elle haussa les épaules, et je la vis ouvrir son sandwich et ajouter une impressionnante couche de confiture de fraises par-dessus le beurre d'arachide. Pendant ce temps, je me servis une portion de poulet et de pommes de terre en purée, arrosant le tout de sauce au miel. Elle loucha vers mon assiette au moment où je pris place en face d'elle, mais elle ne fit aucun commentaire.

— Je meurs de faim, dis-je. J'ai travaillé plus longtemps que d'habitude.

— Et alors ? fit-elle.

— Ça n'a rien donné : je n'ai pas écrit une ligne… Pendant toute la semaine, j'ai essayé de remettre mon histoire en marche et je n'ai pas réussi. Je suis nul. Je suis vraiment le dernier des derniers.

J'exagérais un peu. Je voulais qu'elle dise quelque chose, qu'elle sorte de son abattement. Après un long silence, elle leva la tête pour voir si je parlais sérieusement.

— Ça va mal pour moi aussi, dit-elle. On a fouillé dans les registres durant toute la semaine et on n'a rien trouvé du tout. Il reste encore deux paroisses…

— Es-tu découragée ?

— Non. Bungalow dit qu'on a toutes les chances de trouver quelque chose dans les paroisses qui restent. Elle dit qu'elle a un pressentiment… Tu y crois, toi, aux pressentiments ?

— Je crois surtout une chose : Bungalow ne se trompe jamais.

— C'est vrai, dit-elle. Son visage, ou du moins la moitié que j'en voyais, s'éclairait peu à peu. Heureusement que Bungalow est douce et patiente avec moi, dit-elle.

— Pourquoi ? demandai-je.

— Tu sais, dans les vieux registres, les actes de naissance sont écrits à la main, alors c'est difficile à lire et je passe mon temps à rouspéter. Mais Bungalow ne se fâche jamais et n'a jamais l'air pressée. Je pense vraiment que c'est la personne la plus douce du monde.

Elle eut un bref sourire et je vis passer une lueur de satisfaction dans son œil bleu. Elle demanda :

— Je peux te faire une proposition ?

— Bien sûr, dis-je.

— Je t'échange la moitié de mon sandwich au beurre de *peanut* contre un morceau de poulet au miel. D'accord ?

— D'accord.

Elle tendit son assiette et je lui donnai du poulet arrosé de sauce, et un peu de purée, en échange de quoi elle me remit la moitié de son sandwich. A cause de l'épaisse couche de confiture de fraises, ce ne fut pas sans une certaine appréhension que je mordis dans le sandwich, mais il n'était pas si mauvais en fin de compte, seulement un peu trop sucré. De toute manière, je fis comme si c'était un vrai régal.

— C'est très bon, dis-je avec aplomb et en mastiquant bien pour éviter tout ennui digestif.

— Merci, dit-elle. Elle souriait encore, et quelque chose de très doux éclairait son visage. Elle avait peut-être une âme de couleur bleu azur. Le poulet est très bon aussi, dit-elle.

— Merci, dis-je. Veux-tu boire du vin ?

— Oh oui !

— Blanc ou rouge ?

— Blanc, s'il te plaît.

Je sortis le petit bordeaux qui était au frigo et je l'apportai sur la table avec deux verres, que la Petite se chargea de remplir. C'était un vin trop doux, convenant plutôt à l'apéritif ou au dessert, mais j'avais de l'affection pour lui : il m'aidait beaucoup à traverser cette heure de mélancolie qui survient à la fin de l'après-midi, lorsque le jour se prolonge avant de céder comme à regret sa place à la nuit, et que l'on est assailli par toutes sortes de craintes et de souvenirs.

La Petite me tendit un verre et demanda brusquement :

— Alors, ça ne va pas bien dans ton histoire ?

— Je suis bloqué, dis-je.

— Qu'est-ce qui ne va pas au juste ?

— Je ne suis plus capable d'écrire. Ça fait une semaine que je suis arrêté.

— Oui, mais… *pourquoi ?*

Je n'avais pas très envie de répondre. C'était vendredi soir, je ne travaillais pas le lendemain et j'avais plutôt le goût de me reposer la tête, de ne penser à rien, sauf peut-être au match de tennis que j'allais jouer avec mon frère. Mais la Petite allait sans doute me presser de questions aussi long-temps que je n'aurais pas dit la vérité, alors je lui expliquai ce qui s'était passé autrefois avec Super-man et ma femme, et les raisons pour lesquelles j'avais décidé de mettre cette expérience dans mon histoire.

— Et tes personnages ont fait ce que tu avais fait avec ta femme et Superman ? demanda-t-elle.

— Oui, dis-je. Excepté que, dans mon histoire, il y a un homme et deux femmes, et non pas le contraire.

— Et qu'est-ce qui est arrivé ?

— Il est arrivé que mes personnages sont deve-nus des amis au lieu d'être amoureux. Tu com-prends, je veux écrire une histoire d'amour et c'est la deuxième fois que mes personnages deviennent des amis.

— Je comprends très bien, dit-elle.

Parfois, cette fille me surprenait. Elle semblait trouver tout naturel ce que j'avais vécu avec Super-man et ma femme, alors que, avec l'intransigeance de la jeunesse, elle eût pu s'en étonner. Et puis, elle admettait sans discussion le fait, somme toute assez peu connu, que les personnages peuvent échapper au romancier.

Elle demanda :

— Mais la première fois, quand c'est arrivé, qu'est-ce que tu as fait ?

— J'ai ajouté un personnage, dis-je. Il y avait déjà un homme et une jeune fille et j'ai ajouté une femme…

— Et alors ?

— Alors mon héros était très attiré par cette femme. Tout allait bien et j'étais content, et puis il y a eu cette histoire à trois, juste au moment où il allait être amoureux d'elle, et l'amour s'est transformé en amitié.

— Et tu ne peux pas retourner en arrière, effacer l'histoire à trois et reprendre à l'endroit où tout allait bien ?

— Ah non, dis-je. L'écriture c'est comme la vie, on ne peut pas revenir en arrière.

Je fus très surpris de m'entendre dire ces mots, car il s'agissait d'une question à laquelle je n'avais pas du tout réfléchi. Cependant, la Petite suivait le fil de ses idées :

— Et tu ne peux pas non plus ajouter un autre personnage comme la première fois ? demanda-t-elle.

— Je pense que non, dis-je. Ils sont assez nombreux.

— Dans ce cas, je ne vois pas trop ce que tu pourrais faire. A moins que... Elle se leva et se servit une nouvelle portion de poulet avec de la purée et beaucoup de sauce au miel. Est-ce que j'ai le droit de dire une stupidité ? demanda-t-elle en reprenant sa place.

— Mais oui..., dis-je.

— Quand tu dis que l'écriture est comme la vie, tu veux dire que, dans tes histoires, tu écris des choses qui sont arrivées d'une façon ou d'une autre dans ta vie, c'est ça ?

— Oui.

— Alors, si tu veux que ton héros soit amoureux, il faut que ce soit la même chose dans ta vie. Je veux dire, il faut que tu sois amoureux toi aussi, non ?

— Oui, c'est logique.

— C'est pas une stupidité ?

— Non. C'est même une chose que je savais et que je voulais mettre en pratique…

— Ah oui ?… Et pourquoi tu ne l'as pas fait ?

— J'en sais rien, dis-je un peu sèchement.

Elle me regarda par en dessous.

— Tu es fâché contre moi ?

— Mais non, dis-je.

Maintenant je peux l'avouer : j'étais un peu vexé d'avoir été pris en faute par la Petite. Et puis, à cause du mélange de vin blanc, de beurre d'arachide et de confiture de fraises, je commençais à avoir mal au cœur.

Pour me remettre le cœur en place, je décidai de faire du vrai café et je sortis de l'armoire la vieille cafetière dont je ne me servais plus jamais parce qu'il était plus facile d'utiliser des filtres. Quand la bonne odeur du café tout frais se répandit dans la cuisine, la Petite apporta les tasses, le lait et le sucre.

— Ça sent bon ! dit-elle.

— Tu en veux une tasse ? demandai-je.

— S'il te plaît, fit-elle avec sa petite voix.

Après avoir versé le café, je restai debout, accoudé au comptoir, à regarder le fleuve par la fenêtre, et je me mis à penser à Marika. Je pensais à elle de toutes mes forces et de toute mon âme. Pendant ces dernières semaines, mon attitude envers elle n'avait pas été correcte. Non pas que je l'eusse oubliée – elle avait toujours gardé une place dans mon cœur – mais je ne m'étais pas occupé d'elle autant que j'aurais dû.

Elle était arrivée dans ma vie juste au bon moment : durant une période où j'essayais d'écrire une histoire d'amour. Elle était un cadeau du ciel. C'était une femme mystérieuse, proche et lointaine, pratique et rêveuse ; elle avait le sens des réalités et l'esprit romantique ; elle aimait la nature et les voyages ; elle était comme moi une solitaire, et puis elle était belle et une sorte de sensualité se dégageait des objets dont elle s'entourait.

De plus, je savais, par le récit de mon petit frère, et pour l'avoir constaté moi-même un soir de brume, qu'il existait entre elle et moi une ressemblance très étrange.

Et quelle avait été mon attitude ? Celle d'un homme intrigué, troublé, éprouvant une attirance mêlée de crainte. J'étais allé voir à la caverne, plusieurs fois mais sans insister, à la sauvette, tout prêt à me contenter de ce que les autres, la Petite, Bungalow et mon frère, pouvaient me raconter sur elle... Et depuis quelques semaines, sous le prétexte que la boîte aux lettres nous permettait de communiquer, je n'avais plus fait d'effort pour la voir, me réfugiant commodément dans mon histoire.

C'était une réaction de peur.

— Tu penses à Marika ? demanda la Petite.

Décidément, on ne pouvait rien lui cacher.

— Oui, dis-je, mais comment le sais-tu ?

— Je devine ce qui se passe dans la tête des autres, dit-elle. Dans ma tête c'est tout embrouillé et je ne comprends rien, mais quand c'est les autres, je vois clairement ce qui se passe.

— C'est la même chose pour moi, dis-je en buvant une gorgée de café.

Malgré la différence d'âge et les autres différences, qui étaient nombreuses, nous avions plusieurs points communs, la Petite et moi. Et le plus important de ces points communs, du moins celui qui me rapprochait le plus d'elle, était peut-être celui-ci : la plupart du temps, nous étions tous les deux emmurés en nous-mêmes et occupés à recoller les morceaux de notre passé.

27

LA LUMIÈRE D'AUTOMNE

La lumière avait changé.

Je venais d'arriver sur la grève et je marchais vers la caverne, le cœur tout plein de la présence de Marika, quand tout à coup je m'en rendis compte : l'air était clair, on voyait loin, la belle lumière d'automne était arrivée.

Je m'arrêtai un instant pour mieux voir. Le bleu du ciel était plus foncé. La structure métallique des deux ponts se découpait plus nettement sur l'horizon. De l'autre côté du fleuve, les taches blanches des maisons perdues dans la verdure, au flanc de la falaise, étaient plus éclatantes.

En ramenant mon regard sur la grève, je constatai soudain que le drapeau blanc de la boîte aux lettres était levé. C'était très loin, au bout de mon regard, mais je voyais distinctement le carré blanc qui se détachait sur le gris ardoise de la falaise : il y avait un message ! Je me mis à courir et lorsque j'arrivai, tout essoufflé, à dix mètres de la boîte aux lettres, le drapeau blanc… s'envola brusquement à ma grande surprise ! Je m'étais trompé, ce n'était qu'un goéland !

Je me remis à marcher en direction de la caverne, honteux et dépité d'avoir commis cette erreur. Comment était-il possible de confondre un goéland avec un drapeau blanc ? Comment pouvait-on se montrer aussi naïf ? Heureusement que personne ne m'avait vu !... Je fis un effort pour oublier cette méprise et retrouver l'assurance avec laquelle, une demi-heure plus tôt, après m'être rasé, douché, lavé les cheveux et discrètement parfumé à l'eau de Cologne, j'avais quitté la maison pour aller voir Marika.

C'était un samedi matin. J'avais passé une nuit agitée, à me tourner d'un côté et de l'autre, en proie à des peurs anciennes et primitives qui m'avaient beaucoup tourmenté quand j'étais petit : la peur de tomber dans le vide, la peur d'être dévoré par les loups... des choses de ce genre.

Pourquoi ces vieilles craintes (vieilles comme moi ou peut-être devrais-je dire vieilles comme l'humanité) étaient-elles revenues tout à coup me harceler ? Je m'étais assis dans mon lit pour essayer de réfléchir à cette question, mais je n'avais pas trouvé de réponse satisfaisante : réfléchir sérieusement n'était pas une chose facile pour moi qui étais plutôt habitué à rêver et à rêvasser, ou encore à laisser les choses se dénouer d'elles-mêmes.

Mais à présent que je marchais sur la grève, franchissant déjà les éboulis, je n'éprouvais aucune crainte. Je me sentais calme, l'esprit léger, et mon âme m'enveloppait très bien. Contrairement aux visites précédentes, mon courage ne flancha pas un instant quand je vis que le voilier était à l'ancre en face de la caverne et que la chaloupe était amarrée au piquet sur la grève. J'étais même content de savoir que Marika se trouvait chez elle et il me semblait que, cette fois, tout allait se passer le plus simplement du monde. Après avoir fait un peu de bruit pour la prévenir, j'allais entrer dans la caverne en disant bonjour, je suis votre voisin, je m'appelle Jim… Elle allait me serrer la main en disant je m'appelle Marika, j'ai beaucoup aimé le texte de Paul Hazard que vous m'avez laissé l'autre jour, je voulais me rendre chez vous pour vous remercier, malheureusement j'ai été très prise par mes travaux sur le voilier… Je lui dirais que je comprenais fort bien et elle aurait un sourire très doux en disant je viens juste de faire du café sur mon petit Coleman, en voulez-vous une tasse ?

Je notai que le voilier avait été repeint en blanc et bleu et qu'il ne s'inclinait plus sur un bord comme auparavant. En arrivant à la caverne, je lançai vigoureusement : "Ohé ! Il y a quelqu'un ?" et j'entrai sans attendre la réponse. J'avais préparé dans ma tête une petite phrase que je voulais dire en guise de salutation, mais je n'eus pas l'occasion de m'en servir : il n'y avait personne. Je regardai dans les deux salles. Il n'y avait vraiment personne.

Pourtant, tout était là : dans la salle du fond, le sac de couchage avec son odeur de trèfle, et la trousse de toilette ; dans la grande salle, la brassée de bois de chauffage, le réchaud et la lampe, le reste du matériel de camping et l'épicerie, et l'album des *MILLE ET UNE NUITS* sur la tablette rocheuse. En regardant l'album, je fus très étonné de voir que le signet était maintenant placé tout près de la fin. Marika avait beaucoup lu depuis ma dernière visite. Elle avait lu les sept "Voyages de Sindbad le Marin" et deux autres histoires, dont celle d'"Aladin ou la Lampe merveilleuse", et elle en était maintenant à l'"Histoire d'Ali Baba et de quarante voleurs exterminés par une esclave". Mon cœur se serra lorsque je constatai, à la table des matières, qu'il ne restait plus que trois histoires, assez courtes, après celle d'Ali Baba.

Une menace imprécise planait sur moi. C'était une sensation comme celle que j'avais ressentie pendant la semaine qui avait précédé le départ de ma femme avec Superman. Je me mis à marcher dans la caverne en regardant partout, et je pris conscience pour la première fois qu'il n'y avait là aucun objet, par exemple aucun vêtement, qui eût été la preuve certaine d'une présence féminine. Il n'y avait, en somme, que le prénom inscrit sur la page de garde des *MILLE ET UNE NUITS*. Et, sur le sable, une multitude de traces de pieds nus qui étaient exactement à ma taille.

En sortant de la caverne, il me vint à l'esprit que Marika se trouvait peut-être sur son voilier. Après une courte hésitation que je surmontai en pensant au vieux Hemingway, je retirai mon tee-shirt, mes jeans et mes vieux *running shoes*, et j'entrai dans l'eau. Comme le voilier n'était qu'à une cinquantaine de mètres du rivage, je croyais bien être capable de l'atteindre en marchant, mais le fond subitement se déroba et, ayant perdu pied, je fus contraint de me mettre à nager. Je nage très mal et l'eau est pour moi un univers hostile. Si j'avais été dans l'obligation de nager d'un seul bras, tenant dans l'autre main une bouteille et des coupes à champagne, mes vêtements attachés sur la tête, nul doute que je me serais noyé... Mais les conditions étaient favorables : la marée descendante se trouvait à m'entraîner vers le voilier de sorte que, après avoir exécuté quelques brasses maladroites, j'arrivai tout de suite au bateau et, en m'agrippant au câble d'ancrage, je me hissai à bord.

Sous mon poids, le petit voilier avait un peu donné de la bande, et Marika, d'une seconde à l'autre, allait certainement ouvrir le panneau de l'écoutille pour regarder ce qui se passait. En attendant qu'elle apparaisse, je m'assis sur le pont, vêtu seulement de mon slip, agité de frissons parce que j'étais tout mouillé. J'attendis plusieurs minutes, énervé et le cœur battant, puis je pensai qu'elle était peut-être endormie. Pour l'éveiller en douceur, je me mis à chanter la chanson de Brassens que j'ai toujours en tête ; les paroles sont d'Aragon et c'est une des chansons que j'aime le plus au monde. Je chantai deux couplets et ensuite je tendis l'oreille : aucun bruit ne me parvenait. Je demandai à haute voix s'il y avait quelqu'un. J'attendis vainement la réponse, alors je frappai trois coups sur le panneau de l'écoutille et je descendis par l'échelle. Je dus me rendre à l'évidence : il n'y avait personne.

Le voilier de Marika était petit mais aménagé avec goût et d'une manière chaleureuse. En plus des instruments de navigation, il y avait une couchette, une table escamotable, une petite bibliothèque, un coin-cuisine, des rideaux bleus aux fenêtres. Tout était propre et frais repeint.

Comme je l'avais fait à la caverne, je regardai partout pour voir s'il y avait des signes d'une présence féminine, mais je ne vis rien de spécial. Dans la bibliothèque, un grand livre posé à plat attira mon attention, à cause de sa couverture orange, sur laquelle en m'approchant je vis des palmiers, un perroquet et un soleil. Il était simplement intitulé *Partir*, et l'auteur, que je ne connaissais pas, s'appelait Jacques Massacrier. En prenant le livre dans mes mains, je notai qu'il avait ce beau sous-titre : *Manuel de vagabondage à voile*, alors je le mis sur la table pour mieux l'examiner. Cette fois, je n'étais pas pressé. Il n'était pas question de faire une petite visite à la sauvette. Bien sûr, j'étais mal à l'aise, je me sentais aussi indiscret que lors de ma toute première visite à la caverne, mais j'étais résolu à ne pas m'en aller avant d'avoir vu Marika. On a beau être une Balance, il y a des moments où il faut être capable de prendre une décision. J'examinais le livre aussi calmement que possible, en restant tout de même attentif à tout bruit pouvant indiquer qu'une personne s'approchait du voilier.

En filigrane, sur la couverture orangée, apparaissait toute une série de noms se rapportant à la navigation ; la plupart d'entre eux m'étaient inconnus, et je me mis à les lire à haute voix pour le plaisir d'entendre la sonorité des mots : *chandelier, laize, guindeau, chaumard, point d'amure, mousqueton, ridoir*… Ensuite, j'ouvris le livre et je lus la première page, assez belle et envoûtante, qui disait :

"Alors, si l'on veut se laisser bercer tranquillement au gré des flots, il faut commencer par quitter ces hautes latitudes qui sont les nôtres. Aller vers d'autres mers plus hospitalières, où il fait bon vivre sur l'eau, poussé par des vents aimables. Toutes ces mers criblées d'îles paradisiaques entre lesquelles sillonnent des navigateurs errants, mangeurs d'horizons, qui se gavent et se soûlent de ces ultimes et immenses espaces libres…"

Dans l'habitacle du petit voilier de Marika, je me laissais bercer par le charme des mots. Le temps passait et je ne m'en rendais pas compte, mais soudain je ressentis une légère douleur à l'estomac. Je regardai ma montre : il était deux heures de l'après-midi. La Petite s'inquiétait probablement de mon absence. Je replaçai le livre dans la bibliothèque et je quittai les lieux.

La marée avait baissé, et il me fut très facile de regagner la rive à pied. Je remis mes vêtements et je rentrai lentement à la maison, me retournant plusieurs fois pour vérifier si Marika n'était pas aux alentours, mais je ne vis aucun signe de sa présence ni sur la grève, ni sur la batture, ni sur l'eau.

28

UN RÊVE D'AMOUR

Une nuit, je fis un rêve magnifique.

Il y eut d'abord cette image un peu floue : une chambre aux murs blancs avec une lumière tamisée et une légère odeur de talc. Et, au milieu de la chambre, un grand lit dans lequel j'étais couché, tout seul.

Puis, l'image se précisa et je commençai à voir des couleurs. Les murs, que j'avais vus tout blancs, étaient maintenant couverts d'un papier peint aux motifs de fleurs bleues ou violettes, et les tentures étaient bleu foncé. Près de la fenêtre, il y avait une jolie coiffeuse avec une glace à trois panneaux, et ma mère était là, assise en chemise de nuit sur un tabouret, son triple visage me regardant sans me voir. Devant elle étaient alignés, en ordre de grandeur, une série de petits pots contenant des parfums, des crèmes et des onguents. Il y avait aussi un coffret à bijoux et une boîte à musique qui jouait *Les Feuilles mortes*.

Brusquement, le décor se modifia. J'étais toujours couché dans le grand lit, mais ma mère avait disparu et la pièce n'était plus la même : c'était à présent une chambre moderne avec des murs nus en plâtre bleu pastel, un parquet en chêne verni et une large fenêtre par laquelle j'entendais des chants d'oiseaux et le murmure d'une rivière. Les couvertures remontées jusqu'au menton, je regardais la lumière grise du petit matin se glisser doucement dans la chambre. Je n'avais jamais vu cet endroit auparavant, tout dans cette chambre m'était inconnu, mais je n'étais pas étonné de me trouver là : c'était peut-être à cause de la rivière, dont le bruit m'était familier.

Tout à coup, j'entends un autre bruit : le grincement d'une porte. Quelqu'un est entré dans la maison et, bien que je sois toujours allongé dans le lit, je vois ce que fait cette personne. Elle ouvre le frigo, sort une boîte de poulet, en donne une portion au chat, secoue sa fourchette sur le rebord de la boîte, dépose la fourchette dans l'évier. Je vois chacun de ses gestes, mais je ne distingue pas du tout son visage ; je ne sais même pas s'il s'agit d'un homme ou d'une femme. La seule chose d'elle que je peux voir très nettement, ce sont ses pieds nus.

La personne s'engage dans l'escalier menant à l'étage. Je vois ses pieds nus qui montent les marches une à une. Elle arrive à la dernière marche, elle va entrer dans le couloir au bout duquel se trouve la chambre, mais il se passe une chose étrange : il y a un autre escalier. Chaque fois qu'elle atteint le haut de l'escalier, il y en a un autre, c'est comme si le temps s'étirait à l'infini…

Une nouvelle fois, l'image se transforme. Au lieu d'être dans une chambre, je suis maintenant allongé dans mon vieux minibus dont la banquette arrière est rabattue pour faire un lit. C'est un vrai lit à deux places, très confortable, avec draps et couvertures, et les rideaux tirés qui filtrent la lumière du matin donnent l'illusion qu'il s'agit d'une petite maison. C'est probablement à la campagne : j'entends quelque chose comme un bruissement de pieds nus dans l'herbe. Me redressant dans le lit, je tends l'oreille. Les pas sont tout proches et bientôt la portière du minibus s'ouvre, mon cœur s'arrête : c'est Marika !... Je reconnais tout de suite le visage maigre et osseux que j'ai aperçu dans la brume l'autre soir. Elle a des jeans d'un bleu très pâle, une chemise blanche aux manches relevées et les pieds nus.

Elle referme doucement la portière et jette un regard vers le lit. Je fais semblant de dormir, mais à travers mes paupières mi-closes je la vois qui, se mettant un peu de côté, retire sa chemise qu'elle pose sur le siège du passager, puis enlève ses jeans et le reste de ses vêtements. Je ferme les yeux au moment où elle se retourne vers moi avec un sourire timide. Je devine qu'elle s'approche rapidement du lit, qu'elle soulève les couvertures, et je me pousse un peu pour lui faire une place chaude.

Maintenant, on dirait que le temps s'est arrêté. J'ignore dans quel pays se trouve le vieux Volks, mais il doit y avoir encore une rivière, car j'entends l'eau qui murmure. Marika est allongée tout contre moi, du côté gauche. Sa tête repose sur mon épaule, mon bras gauche est passé autour de son cou et mon bras droit autour de sa taille. Je sens son souffle chaud dans mon cou et toute la chaleur de son corps sur le mien ; ses pieds sont un peu froids.

J'aime bien la rondeur de sa hanche et j'aime beaucoup la douce chaleur de son ventre, je ne sais pas ce que je préfère, mais je sais que nous ne pouvons pas être mieux qu'en ce moment. Bien sûr, nous pourrions nous caresser, faire l'amour, chercher obstinément à nous rejoindre, essayer de devenir une seule personne. Ensuite, nous pourrions parler, raconter, expliquer... Nous pourrions très bien faire ça, mais nous ne serions pas mieux que maintenant. C'est maintenant que nous sommes le mieux, c'est maintenant que nous sommes heureux.

29

LE PARADIS TERRESTRE

Qu'est-ce que le bonheur ? Une illusion, un rêve que l'on poursuit durant toute sa vie... et que l'on croit à certains moments avoir atteint. Cela m'était arrivé un jour à Venise.

En faisant la tournée des principales villes dont j'avais entendu le nom dans les chansons, j'avais succombé comme des milliers de gens avant moi au charme de Venise : le miroitement de l'eau sous les ponts, le bruit des pas dans les ruelles, le sommeil des chats sur les places publiques, tout cela crée une atmosphère de mystère et de mélancolie qui m'avait envoûté.

J'étais particulièrement attaché à une petite place qui représentait pour moi la beauté, la perfection, le paradis terrestre. C'est le hasard qui m'avait conduit à cet endroit.

Tous les matins, abandonnant le Volks déjà vieux et déglingué dans un camping de Mestre, près de l'aéroport, je prenais un bus qui me déposait à la gare et, de là, en vaporetto ou à pied, selon mon humeur et le temps qu'il faisait, je me rendais à la piazza San Marco où j'aimais bien flâner un moment, car cette place, à cause peut-être de ses proportions harmonieuses, me procurait un sentiment de bien-être et de sécurité. Puis, je quittais ce lieu encombré de touristes pour aller me perdre dans le dédale des petites rues excentriques.

Ce matin-là, il s'en fallut de peu que je ne me perde vraiment. J'avais sans doute tourné en rond, car je passai deux fois par le Rialto, et ensuite, me semble-t-il, je marchai vers l'est, plus loin que l'église San Giovanni e Paolo, et j'obliquai vers le sud un peu avant l'Arsenal. Et c'est probablement dans ce secteur que, tout à coup, au sortir d'une ruelle, je débouchai sur l'admirable petite place.

J'avais devant les yeux un canal comme on en voit des centaines à Venise, mais un peu plus étroit que les autres ; il était enjambé par un petit pont qui avait une belle courbure et dont le parapet était juste assez bas pour donner envie de s'asseoir ; il était entouré de maisons en brique de couleur beige, presque caramel, dont les fenêtres étaient ornées de fleurs rouges et blanches et de girouettes en plastique jaune ; enfin, pour mettre un peu d'animation, il y avait tout à côté un bar-tabac aux vitrines remplies de bibelots.

Quand je la découvris, la petite place était déserte et, comme j'étais fatigué et un peu distrait, je ne remarquai pas qu'elle était belle. (Je le dis avec un peu de tristesse : la plupart du temps, on ne voit presque rien.) Toutefois, je sentais, je devinais qu'il allait se passer quelque chose, alors je m'assis dans un coin au soleil, le dos appuyé contre les vieilles pierres. Mon âme était douce et chaude autour de moi. Je me mis à regarder très attentivement.

Au bout de quelques minutes, je vis qu'il y avait un heureux mélange d'ombre et de lumière ; que l'eau frémissante du canal, en réfléchissant la lumière, la brisait en mille éclats qui ruisselaient sous l'arche du pont et couraient sur le mur de brique délavé ; que les couleurs étaient douces pour les yeux, avec çà et là des taches plus vives, et que toutes les formes composant le décor de cette petite place étaient en harmonie les unes avec les autres. C'était en quelque sorte la perfection, le paradis terrestre, comme si un vieux rêve s'était matérialisé, et je restai là, assis dans mon coin, ému et saisi d'admiration, jusqu'à la fin de la journée.

Le lendemain, sitôt réveillé au camping de Mestre, j'éprouvai une envie irrésistible de retourner à ma petite place anonyme. Je pris une nouvelle fois le bus pour Venise, puis je marchai jusqu'au Rialto et, de là, dirigeant mes pas vers l'Arsenale, je tâchai de suivre le même itinéraire que la veille. Ce fut en vain. J'errai dans les rues toute la journée, et même le lendemain, sans pouvoir retrouver la petite place qui m'était apparue comme le paradis... Et je ne sais même pas aujourd'hui si elle existe vraiment.

UN FEU SUR LA GRÈVE

Etait-il plus sage de chercher le bonheur en soi-même ? Sans en être tout à fait sûr, j'avais de bonnes raisons de le croire, à cause d'un certain nombre de changements qui s'étaient produits en moi depuis que j'avais fait mon rêve amoureux.

D'avoir rêvé, en effet, je n'étais plus le même. L'image de Marika était en moi, installée en permanence, et chaque fois que je pensais à elle, j'éprouvais une sensation de chaleur dans la poitrine, du côté gauche, comme si mon cœur s'était mis à fondre. J'étais amoureux.

Sans aucun effort, je pouvais me représenter non seulement son visage anguleux, ses yeux qui se fermaient presque quand elle souriait et ses cheveux noirs et frisés qui commençaient à tourner au gris, mais aussi ses épaules étroites, son corps mince, ses mains et ses pieds qui étaient curieusement de la même longueur que les miens.

Et puis, mes sens étaient plus aiguisés. Je frémissais lorsque la Petite ou Bungalow, en passant près de moi dans la maison, m'effleuraient le coude... Je retrouvais toutes sortes d'odeurs

anciennes, surtout dans la chambre de mes parents…
Sur la grève, l'odeur du varech me semblait plus
lourde que d'habitude… Je voyais mieux les couleurs : les nuances discrètes du vert dans le feuillage
des arbres, le bleu du ciel qui était foncé au-dessus
de ma tête, plus pâle à l'horizon, le scintillement
argenté de la lumière sur le fleuve, les taches vives
que mettaient un peu partout les vêtements, les
fleurs, les goélands, les bateaux et les toits des
maisons.

J'étais à la fois heureux et malheureux. C'était
doux, réconfortant de savoir que Marika était tout
près, que je pouvais à tout moment aller chauffer
mon cœur auprès de cette imense source de chaleur. Et je trouvais un motif de satisfaction dans le
fait qu'une partie de moi, que j'avais crue endormie pour toujours à cause de mon âge, s'était
subitement réveillée et me donnait une nouvelle
envie de vivre. Mais, en même temps, j'étais inquiet.
J'avais peur que toute ma vie ne fût changée. J'avais
peur de perdre non pas ma liberté, mais plutôt mes
loisirs et, en particulier, mes flâneries, mes éter-
nelles flâneries qui ne servaient à rien et servaient
à tout.

Le plus étrange, c'est que, sans raison apparente,
j'étais souvent au bord des larmes. La Petite me
trouvait bizarre… Un soir que nous avions fait un
feu sur la grève parce que le temps s'était mis au
frais, elle voulut savoir si tout allait bien.

— Tu as de la fumée dans les yeux ? demanda-
t-elle.

— Un peu, dis-je.

Nous étions de chaque côté du feu, moi assis sur une roche et elle sur un vieux tronc d'arbre, enveloppés l'un et l'autre dans une couverture de laine. Nous avions fait un bon feu avec des brindilles, des écorces de bouleau, des branches mortes et plusieurs billes de bois échappées des goélettes ; il brûlait bien mais fumait un peu à cause du varech.

— Tu peux venir t'asseoir ici, dit-elle.

— D'accord, dis-je en m'essuyant les yeux.

Comme moi, la Petite n'était plus tout à fait la même. Elle avait l'air très mystérieux. Elle venait de trouver sa vraie famille (Bungalow m'avait appris cette nouvelle par téléphone), mais elle n'en avait encore rien dit.

— Ça va mieux ? demanda-t-elle quand je fus installé à côté d'elle sur le tronc d'arbre.

— Beaucoup mieux, dis-je. Et toi, ça va ?

— Oui et non.

— On ne s'est pas vus beaucoup aujourd'hui... As-tu fait quelque chose de spécial ?

— J'ai réfléchi.

— Ah oui ?

Je n'osais pas la presser de questions, ne sachant pas si elle avait envie de raconter ce qui s'était passé. Elle se leva et, avec une longue branche, elle rassembla lentement les tisons éparpillés autour du feu. Puis elle se décida :

— J'ai trouvé mes vrais parents, mais... ça ne s'est pas passé exactement comme j'avais imaginé.

Elle revint s'asseoir sur le tronc d'arbre et fixa silencieusement la braise rougeoyante du feu. Alors, le plus doucement que je pus :

— Qu'est-ce que tu avais imaginé ? demandai-je.

— Bof !... j'avais imaginé qu'ils allaient agir comme on le fait quand on a perdu une... une chose très précieuse et que tout d'un coup, quand on a presque oublié qu'elle existait, on la retrouve par hasard... J'avais imaginé qu'ils auraient les yeux brillants et une sorte de lumière dans le visage.

— Et ça ne s'est pas passé comme ça ?

— Non. Quand je suis arrivée, c'était l'heure du souper. Il y avait seulement mon père et ma mère, et pas d'enfants. Et moi j'étais venue toute seule. Je les ai vus par la fenêtre en arrivant : ils mangeaient dans la cuisine en regardant la télé. J'ai sonné à la porte...

La Petite s'arrêta de parler, ou plus exactement sa voix, déjà menue et fragile, se brisa. J'étais suspendu à ses lèvres. Je retenais mon souffle et je crois bien que le fleuve, tout à côté de nous, le vieux fleuve qui, pendant trois siècles et demi, avait entendu les confidences de tout un peuple, retenait son souffle lui aussi.

Elle fut secouée par un frisson, se serra dans sa couverture de laine, puis elle reprit :

— Il a ouvert et m'a regardée des pieds à la tête... comme les hommes regardent les femmes, tu sais ?

— Oui, murmurai-je. Et alors ?

— J'ai vu que nous avions les yeux et la bouche presque pareils, mais lui ne s'en est pas aperçu et il a demandé ce que je voulais. J'ai dit que je voulais un verre d'eau. Il s'est retourné vers sa… vers ma mère et il a dit : "C'est une fille qui veut un verre d'eau." Ma mère a dit : "Bon, donne-lui un verre d'eau." Elle m'a seulement jeté un coup d'œil quand je suis entrée dans la cuisine. Elle a continué de manger et de regarder la télé.

Elle s'arrêta.

— Et ensuite ? fis-je.

— C'est tout, dit-elle. J'ai bu le verre d'eau et je suis partie.

Elle se tut et, cette fois, sans attendre, je mis ma couverture de laine par-dessus la sienne autour de ses épaules. Durant toute sa vie, elle avait poursuivi un rêve et, au moment où elle croyait l'avoir atteint, ce rêve s'était évanoui, alors je voulais lui montrer qu'il y avait encore des raisons d'espérer, qu'il restait encore un peu de chaleur dans ce monde pourri ; si j'avais pu, je le jure, je l'aurais mise sous la protection de mon âme pour mieux la réchauffer et la tenir à l'abri de l'agressivité humaine.

Blottie contre moi, elle pleura un peu, mais pas très longtemps, je veux dire pas aussi longtemps que je l'aurais cru. Je fus étonné, vraiment, de voir à quel point elle était forte en dépit des apparences. A la fin, elle renifla, se moucha bruyamment dans un vieux Kleenex, puis elle se mit à me poser des questions comme elle faisait souvent. Elle demanda si je m'étais remis à écrire.

— Pas encore, dis-je, mais c'est pour bientôt.

— Comment le sais-tu ? demanda-t-elle.

— Depuis quelques jours, ça bouge un peu à l'intérieur de moi : il y a des choses qui s'en viennent.

— Est-ce que tu vas reprendre la même histoire ?

— Non, je pense que je vais en commencer une nouvelle.

— Encore une histoire d'amour ?

— Bien sûr !

La Petite m'observait par-dessous sa mèche de cheveux. C'était l'occasion ou jamais de lui dire que j'étais amoureux, mais il me fut impossible de le faire. Peut-être s'agissait-il d'une chose trop personnelle, trop intime, comme une sorte de secret. Ou peut-être étais-je tout simplement incapable d'expliquer que j'étais amoureux d'une personne que je n'avais jamais vue, sauf en rêve... D'une voix où perçait encore un peu de tristesse, elle demanda :

— A part l'écriture, est-ce qu'il y a des choses qui comptent beaucoup pour toi ?

Je tentai de réfléchir... Je pensai tout d'abord au tennis, mais il me revint en mémoire que, pendant cinq ans, à la suite d'une blessure au dos, je n'avais pas du tout pratiqué ce sport et que cette inactivité n'avait pas été si pénible... Je songeai ensuite à l'amitié, mais tout de suite je me rappelai que, durant mon voyage en Europe, je n'avais pas senti le besoin une seule fois d'envoyer une lettre ni même une carte postale à mes amis...

— Je pense que non, dis-je finalement.

— Et pourquoi écris-tu des livres ? demanda-t-elle.

— Je voudrais écrire la plus belle histoire qui ait jamais été écrite. Mais c'est difficile, c'est vraiment trop difficile pour moi, je n'y arrive jamais, alors chaque fois il faut que je recommence.

— Tu n'es pas découragé ?

— Non, mais...

Sitôt dit, je regrettai ce *mais* laissé en suspens. Il fallait à présent que je m'explique. Or, je le savais d'avance, j'allais dire toutes sortes de stupidités : chaque fois qu'on me posait des questions sur mon travail, j'étais porté à exagérer, je disais des choses auxquelles je n'avais pas du tout réfléchi ; c'était comme si un autre parlait à ma place.

— *Mais...* quoi ? insista-t-elle.

— Je vais te dire un secret, dis-je. Tu ne le diras à personne ?

— Juré... craché ! dit-elle.

Je pris malgré moi un ton légèrement solennel :

— Eh bien, voici !... dis-je. Dans les livres, il n'y a rien ou presque rien d'important : tout est dans la tête de la personne qui lit.

Comme stupidité, il faut reconnaître que c'était réussi ! La Petite s'écarta de moi et, à la lueur du feu, je vis qu'elle me regardait d'un œil arrondi par la surprise.

— Tu te moques de moi ? demanda-t-elle.

— Pas du tout ! dis-je.

Je m'enlisais dans la bêtise et je ne voyais pas à quoi j'allais bien pouvoir me raccrocher, quand elle se mit à dire :

— En tout cas, dans tes livres…

— Oui… ? fis-je en essayant de ne pas montrer que j'étais intéressé. Je ne savais pas que tu avais lu mes livres…

— Dans tes livres, reprit-elle, je suis sûre qu'il y a des choses importantes.

— Tu crois ?

Je ne voulais pas le laisser voir, mais j'avais une envie folle qu'elle explique ce qu'elle venait de dire. Même si l'écriture était mon métier depuis plus de vingt ans, et que j'avais écrit une demi-douzaine de livres, j'étais resté aussi sensible et vulnérable qu'à mes débuts au moindre commentaire qui était fait sur mon travail.

— J'en suis certaine, répondit-elle.

J'avais épuisé les *tu crois ?* et les *ah oui ?* et je ne savais plus à quelle formule recourir pour qu'elle dise ce qu'elle voyait au juste dans mes livres. Je restai donc silencieux et, au bout d'une minute, elle se mit d'elle-même à expliquer :

— Moi, dit-elle, j'ai toujours envie de mordre. Je suis comme un chat de gouttière qui a été maltraité par tout le monde : mon humeur normale c'est d'avoir envie de mordre et de griffer. Mais quand j'ai lu tes livres, c'est comme si on m'avait donné la permission d'être moins agressive, d'être douce pendant un moment. Comme si quelqu'un m'avait dit : Tu peux être douce si tu veux et il ne t'arrivera rien, tu ne seras pas maltraitée. Comprends-tu ce que je veux dire ?

— Je comprends, dis-je sur le ton le plus humble que je pus trouver.

— Donc il y a quelque chose d'important dans tes livres, conclut-elle. C'est logique, non ?

— Ça m'en a tout l'air…

Je faisais de mon mieux pour dissimuler ma satisfaction. En réalité, j'étais flatté et absolument ravi de ce qu'elle venait de dire. Cette fille n'était pas une experte en littérature, elle ne rédigeait pas des articles pour *Le Devoir* ou *Le Monde* ou le *New York Times*, mais dans le domaine de l'agressivité et du besoin de tendresse, elle avait une longue expérience. Je pouvais lui faire confiance.

Pour un peu, je lui aurais confié un deuxième secret, que je n'avais encore osé dire à personne : en dépit de mes craintes infantiles, je nourrissais l'ambition naïve et démesurée de contribuer, par l'écriture, à l'avènement d'un monde nouveau, un monde où il n'y aurait plus aucune violence, aucune guerre entre les pays, aucune querelle entre les gens, aucune concurrence ou compétition dans le travail, un monde où l'agressivité, entendue non pas comme l'expression d'une hostilité à l'égard d'autrui, mais plutôt comme un goût de vivre, allait être au service de l'amour.

Je gardai pour moi ce secret énorme et ridicule. De toute manière, il se posait un problème urgent et concret : la Petite avait faim, alors je me rendis à la maison pour prendre du pain et du beurre.

Je lui fis des toasts sur la braise, puis je retournai à la maison encore une fois pour faire du chocolat chaud, et une dernière fois pour prendre un gros sac de guimauves qu'elle fit griller à la pointe d'une branche. Plus tard, elle s'allongea sur le sable, à côté du vieux tronc d'arbre, et elle s'endormit, enveloppée jusqu'aux yeux dans sa couverture. Elle dormit profondément et je restai près d'elle jusqu'au matin, entretenant le feu pour éviter qu'elle n'attrape du mal, car la nuit était fraîche et humide.

Aux petites heures, le vieux Chagrin vint me trouver et resta un moment à ronronner sur mes genoux. Pour passer le temps, je regardais les étoiles ou bien les bateaux dont les feux verts ou rouges glissaient au fil de l'eau. Je surveillais la marée montante. Dans un coin de mon cœur, comme une lampe allumée, il y avait aussi la pensée que Marika était tout près de moi.

31

LE BATEAU FANTÔME

A la fin de septembre, l'air frais céda la place à une vague de chaleur inattendue, qui ne pouvait être que de courte durée : c'était l'été des Indiens. Il y eut à nouveau des bancs de brume sur le fleuve.

Un jour que j'avais beaucoup travaillé en dépit de la chaleur, il me prit l'envie de chercher un peu de fraîcheur sur l'eau ; vers la fin de l'après-midi, je sortis de la remise le vieux radeau de sauvetage.

Ce n'était pas un simple radeau en polythène comme ceux qu'on voit flotter dans une piscine ou qu'on loue pour se faire bronzer quand on est en vacances à la mer. C'était un vrai radeau de sauvetage qui avait appartenu à la marine américaine, comme en témoignait l'inscription *U.S. NAVY* peinte en lettres noires sur le flanc extérieur. En caoutchouc très épais et résistant de couleur jaune clair, il était équipé de deux avirons et d'un coffre imperméable contenant des fusées de détresse, des sachets de nourriture déshydratée et tout ce qu'il fallait pour survivre à un naufrage. Mon père l'avait acheté d'occasion chez Latulipe Surplus de Guerre, et le vendeur lui avait dit qu'il avait peut-être descendu les rapides du Colorado, le fleuve qui coule au fond du Grand Canyon. En fait, je ne me souvenais plus très bien si le vendeur avait dit qu'il avait réellement descendu les rapides du Grand Canyon ou seulement qu'il était assez solide pour le faire ; quoi qu'il en soit, tout le monde s'accordait pour dire qu'on ne pouvait pas trouver mieux comme radeau de sauvetage.

Il ne servait pas souvent et je me rappelai pour quelle raison lorsque j'entrepris de le tirer de la remise : il était vraiment très lourd. Heureusement, la marée était haute et je n'eus pas trop de mal à le traîner sur la grève en pente et à l'amener jusqu'au bord de l'eau. Avant de partir, il fallut cependant le gonfler avec une pompe à pied. Il n'était pas complètement dégonflé : il ne lui manquait que la quantité d'air qui avait été enlevée pour le remisage, mais à cause de la chaleur accablante, il me fallut toute mon énergie pour ajouter l'air qui manquait et c'est à peine si j'eus la force de donner une poussée au radeau avant de me laisser tomber à l'intérieur.

Fourbu, hors d'haleine, je restai longtemps étendu sur le dos. Le ciel était voilé par des nappes de brouillard qui, par instants, laissaient apparaître un soleil rouge comme une boule de feu. J'étais couvert de sueur et, comme il n'y avait pas un souffle de vent et que, la marée étant à l'étale, je ne risquais pas de partir à la dérive, j'enlevai mes vêtements mouillés et je fermai les yeux.

Ai-je dormi quelque temps, sous l'effet de la chaleur et de la fatigue ? Je le pense, car lorsque j'ouvris les yeux et me redressai, subitement inquiet, je constatai que je ne voyais plus la maison ni même le rivage. Par tempérament, je suis enclin à m'énerver en de telles circonstances, mais cette fois je conservai tout mon calme, sachant très bien que le coffre imperméable contenait une boussole et que je pouvais regagner la rive en quelques coups d'avirons.

Je notai cependant deux faits nouveaux : la brume s'était légèrement épaissie, et puis de petites vagues clapotaient sur les parois du radeau. Je commençais à me demander si la marée, en amorçant son mouvement descendant, ne m'avait pas entraîné vers le large... Je plongeai ma main dans l'eau pour vérifier s'il y avait du courant, mais je n'en sentis aucun. Ensuite je me penchai par-dessus bord pour évaluer la profondeur de l'eau ; on ne voyait rien, l'eau était grise et sale.

J'avais encore la tête et les épaules hors du radeau lorsque, tout à coup, une forte houle souleva celui-ci et me fit tomber à la renverse. En entendant le mugissement sourd d'une sirène, au loin sur le fleuve, je compris qu'un navire de fort tonnage venait de passer au large et je restai assis au fond du radeau, tout nu, riant de mon infortune et guettant l'arrivée de la seconde houle. Quand celle-ci, moins forte que la première, eut soulevé le radeau à son tour, j'ouvris le coffre pour prendre la boussole, je repérai le sud et m'installai aux avirons.

Après avoir ramé de toutes mes forces pendant cinq ou dix minutes, je devins très inquiet car le rivage n'était toujours pas en vue. De plus en plus nerveux, je tournais la tête après chaque coup d'avirons pour essayer d'apercevoir la rive ou un point de repère. Et soudain, j'eus une sorte de vision.

Je venais de tourner la tête, quand je vis brusquement ou je crus voir, à travers une éclaircie du brouillard, le voilier de Marika qui glissait sur l'eau comme un bateau fantôme. Cela ne dura qu'un court instant, mais j'eus devant les yeux le petit voilier frais repeint, avec la grand-voile repliée. Je ne pus voir le nom écrit sur la coque ; ce détail n'a cependant aucune importance, le voilier m'étant apparu de biais, plus précisément de trois quarts arrière.

De toute manière, c'est après coup seulement que je fis attention aux détails : sur le moment, j'étais trop énervé et j'avais trop peur d'être emporté par la marée, de dériver jusqu'au chenal, d'être renversé par un cargo. Mais lorsque j'eus enfin regagné la rive et tiré le radeau sur la grève, la vision curieusement se précisa. Je revis avec une grande netteté le petit voilier bleu et blanc, la voile enroulée et attachée à la bôme, glissant sans bruit à travers le brouillard… Je me posai alors une question : si le voilier ne naviguait pas à la voile, il fallait bien qu'il navigue au moteur, or je n'avais entendu aucun bruit de moteur. Pour quelle raison ?

Je cherchai une explication tout en préparant des spaghettis pour moi et la Petite. La seule que je trouvai, à la fin du repas, fut celle-ci : le ronronnement du petit moteur avait été couvert par le bruit que je faisais moi-même en plongeant les avirons dans l'eau. L'explication ne me parut pas très convaincante et j'en cherchai une autre pendant toute la soirée et une partie de la nuit.

Mes efforts n'aboutirent à rien. Et même, ils eurent pour résultat de semer le doute dans mon esprit. Au petit matin, je n'avais pas encore dormi, je me tournais d'un côté et de l'autre et je ne savais plus très bien si j'avais réellement aperçu le voilier de Marika.

32

LA DERNIÈRE VISITE

Aux premières lueurs du jour, je me réveillai en sursaut et, sans prendre le temps de m'habiller, je montai au grenier pour vérifier si le voilier était toujours en face de la crique sablonneuse. Ouvrant la lucarne, je me penchai pour regarder du côté droit de la baie, d'abord à l'œil nu puis avec les jumelles, mais il y avait des nappes de brume qui s'effilochaient sur la batture : je ne voyais presque rien.

Je remis les jumelles dans le tiroir du bureau et, cette fois encore – c'était plus fort que moi – je ne pus m'empêcher de jeter un coup d'œil à mon texte. Les premières pages de la nouvelle histoire d'amour étaient juste devant moi sur la boîte à pain. Elles avaient un aspect particulier qui témoignait des efforts que j'avais faits pour inclure des passages de l'ancienne histoire : elles étaient constituées de morceaux de papier découpés avec des ciseaux et collés les uns aux autres avec du scotch. Je songeai subitement à mes lecteurs, mes pauvres lecteurs, et je me demandai ce qu'ils auraient pensé de moi s'ils avaient vu que mon histoire d'amour était fabriquée avec des moyens aussi dérisoires que ces travaux de collage et de rapiéçage. Ils ne savaient peut-être pas que les histoires s'écrivaient le plus souvent avec des matériaux usagés et que l'auteur devait donner à tout cela l'allure du neuf.

En redescendant à la cuisine, je m'arrêtai au premier étage où la porte de la chambre de mon frère cadet était ouverte. La Petite aimait dormir dans cette chambre et je m'approchai pour voir si elle était réveillée. Elle dormait encore, non pas dans le petit lit à barreaux métalliques où elle se couchait parfois, mais plutôt dans le grand lit. Elle était entourée d'un nombre étonnant de livres, parmi lesquels je reconnus des Jules Verne et des Signes de Piste qui venaient d'une des bibliothèques de la galerie vitrée ; à la façon dont les livres étaient disposés autour d'elle, on aurait dit qu'elle avait essayé de dresser un rempart entre elle et le monde extérieur.

Le vieux Chagrin était sur le pied du lit. En m'apercevant, il sauta à terre sans faire le moindre bruit et il me suivit dans l'escalier. A la cuisine, je lui donnai du poulet, ensuite je fis du café et je me préparai un jus d'orange et des céréales. Je n'avais pas avalé la moitié de mes corn-flakes quand il me vint une envie soudaine et irrésistible d'aller voir ce qui se passait à la caverne. Il est rare que je cède sans aucun jugement critique à ce genre d'impulsions, mais ce matin-là, le désir qui montait en moi comme une vague de fond emportait tout sur son passage.

Incapable de réfléchir, j'abandonnai mon petit déjeuner et je sortis de la maison sans même refermer la porte. Il me fallut un moment pour m'apercevoir que j'étais nu-pieds. Je marchais vite. Je pensais à Marika. Mon cœur était rempli d'elle et j'avais hâte de la voir. Par moments, je me mettais à courir. J'avais le souffle court et j'étais en nage, mais je me sentais bien : j'étais amoureux, mon âme était translucide et la vie battait dans tout mon corps.

Je m'arrêtai un instant à la boîte aux lettres. De toute évidence, il n'y avait pas de courrier : le drapeau blanc n'était pas levé, mais je m'approchai quand même pour regarder dans la boîte, car j'avais besoin de souffler un peu. Je vis que le fond de la boîte était couvert de brindilles et de mousse, et cela me remit brusquement en mémoire une petite histoire que Gabrielle Roy m'avait racontée.

Gabrielle Roy passait tous ses étés à Petite-Rivière-Saint-François, au bord du fleuve, dans un chalet accroché au flanc d'une colline. Elle avait l'habitude de sortir sur la galerie du chalet, le matin, pour se brosser les cheveux ; avant de rentrer, elle nettoyait sa brosse, laissant ses cheveux partir au vent. Elle avait remarqué les allées et venues d'un merle qui avait l'air de nicher dans un buisson au fond du jardin, puis elle s'était habituée à sa présence. Mais en septembre, après la migration des oiseaux vers le Sud, elle avait découvert, en s'approchant du buisson, que le merle avait tapissé son nid avec les cheveux qu'elle avait perdus au cours de l'été.

Cette histoire ne me revint pas en mémoire dans tous les détails mais seulement en deux ou trois images rapides, et tout de suite je repris la direction de la caverne. Je marchais d'un bon pas. Un peu plus loin que les éboulis, je m'attendais à voir le petit voilier, mais il y avait encore de la brume, juste assez pour que je ne sache plus du tout s'il était là ou non. Alors l'inquiétude s'empara de moi, une inquiétude folle qui me fit courir d'une traite jusqu'à la caverne en dépit du fait que je m'écorchais la plante des pieds sur les cailloux pointus de la grève.

En arrivant à la crique sablonneuse, je dus me rendre à l'évidence : le voilier n'était pas là. Ce n'était pas la brume, cette fois, qui le dissimulait à mes yeux, car il soufflait une légère brise de l'ouest et le temps était plus clair. Si le voilier avait été à sa place, tirant sur son ancre à quelques encablures de la caverne, je l'aurais aperçu au premier coup d'œil. Il était parti.

Je tentai de me rassurer en me disant que ce n'était pas la première fois que le voilier était absent au moment où je venais voir Marika, et qu'il n'y avait pas de quoi s'affoler, mais ce ne fut pas suffisant pour calmer mon inquiétude. J'avais un pressentiment, je sentais qu'une chose grave allait se produire.

Je fis quelques pas vers la caverne, puis je me mis à hésiter. Après tout, je n'étais pas obligé d'aller voir, de vérifier. Tant que je n'étais pas entré, il me restait une chance… Finalement, je décidai qu'il valait mieux en avoir le cœur net et, courbant la tête, je me faufilai par la brèche.

Marika n'était pas là et il n'y avait plus rien dans la caverne. Je regardai dans les deux salles, la pièce de séjour et la petite chambre, et il n'y avait rien. Pas une allumette, pas un bout de papier, rien du tout. J'avais une boule dans la gorge et le cœur serré, et ma tête était aussi vide que la caverne. Il faisait un peu froid et très humide. Je frissonnais.

Au bout d'un moment, je sortis de la caverne et je m'assis par terre en face du fleuve. La chaleur de l'air me fit du bien. J'essayai de mettre de l'ordre dans mes idées et de comprendre ce qui m'arrivait, et tout à coup il me sembla absurde qu'il ne reste vraiment rien dans la caverne, pas le moindre signe, pas même une odeur. Je me faufilai de nouveau à l'intérieur et je regardai partout. Il n'y avait rien. Je humai l'air pour retrouver l'odeur que j'avais sentie une fois, au milieu de l'été, l'espèce d'odeur de trèfle, mais il n'y avait vraiment rien. Tout ce qui restait, en fin de compte, c'étaient les traces de pas dans le sable. Les traces de pas qui étaient juste à ma taille.

33

L'ADOPTION

Je ne sais pas combien de temps je restai dans la caverne et sur la grève, à me poser des questions auxquelles il n'y avait pas de réponses : plusieurs heures, sans doute, car lorsque je revins à la maison, très fatigué, avec une envie de pleurer qui n'en finissait pas de chercher à s'épancher, la Petite était très inquiète.

— Où étais-tu ? demanda-t-elle vivement, aussitôt que je mis le pied dans la cuisine.

Je fus surpris par l'agressivité de sa voix. Elle ne me regardait même pas : elle tenait le vieux Chagrin dans ses bras et elle regardait par la fenêtre.

— *On* était inquiets, dit-elle. *On* ne savait pas ce qui se passait. Tu n'avais pas fini tes corn-flakes et la porte était ouverte… *On* pensait qu'il était arrivé quelque chose de grave.

— J'étais à la caverne, dis-je.

L'espèce de nœud qui me serrait la gorge se relâcha d'un coup et j'éclatai en sanglots. Je me hâtai de m'asseoir à la table et je cachai mon visage dans mes bras, à la fois soulagé de pouvoir pleurer et honteux d'entendre les hoquets qui sortaient de ma gorge. Quand je relevai la tête, je me trouvai face à face avec le vieux Chagrin qui avait sauté sur la table et tendait son museau vers moi pour se rendre compte de ce qui se passait. Derrière lui, la Petite avait les yeux agrandis par l'étonnement.

— Qu'est-ce que t'as ? demanda-t-elle d'une voix adoucie.

— C'est Marika, dis-je. Ce matin, je suis allé à la caverne, mais elle n'était pas là. Elle est partie.

— Tu sais bien qu'elle va revenir, dit-elle. Elle part souvent, mais elle revient toujours.

— Non, dis-je. Cette fois, elle ne reviendra pas. Le voilier est parti et la caverne est vide. Il ne reste rien du tout.

Je pleurais encore, mais il n'y avait plus de sanglots. Ce n'étaient que des larmes et elles me faisaient du bien. La tristesse s'en allait doucement.

— Ne pleure pas, dit la Petite. Je t'en prie, ne pleure pas.

Cette prière était dite sur un ton autoritaire, mais je le remarquai à peine : j'avais envie de parler, d'expliquer.

— C'est ma faute, dis-je. J'aurais dû me douter qu'elle allait partir… J'étais occupé à écrire et je n'ai pas fait attention aux signes.

— Quels signes ? demanda-t-elle.

— Il y avait l'album des *MILLE ET UNE NUITS* qui approchait de la fin, et puis le bateau fantôme dans la brume…

— Il ne faut pas que tu pleures, dit-elle.

— Je commence à être vieux et pourtant je ne sais pas vivre. C'est une chose que j'ai oublié d'apprendre, dis-je ironiquement.

— J'ai faim, dit-elle.

En regardant l'horloge Coca-Cola, je vis qu'il était près de sept heures du soir. La Petite n'avait sans doute pas mangé depuis le matin : il était bien normal qu'elle eût faim, et moi-même j'avais un creux dans l'estomac.

— Qu'est-ce que tu veux manger ? demandai-je.

— Des œufs au bacon, dit-elle. Et des toasts avec du beurre de *peanut*.

Je préparai ce qu'elle demandait. En faisant griller les tranches de bacon, j'ajoutai quelques pincées de cassonade pour leur donner le petit goût sucré qu'elle aimait bien. Elle s'assit en face de moi et prit une grosse bouchée qu'elle accompagna d'une gorgée de chocolat chaud.

— C'est très bon, dit-elle. Merci beaucoup, c'est très gentil de t'occuper de moi.

— C'est rien, dis-je.

— Est-ce que tu vas mieux ? demanda-t-elle.

— Un peu, dis-je.

— Tu penses encore à Marika ?

— Oui.

— C'est comme une peine d'amour ?

— Bien sûr.

Elle donna un morceau de bacon au vieux Chagrin qui venait de sauter sur ses genoux.

— Alors tu peux raconter tout ce que tu veux, dit-elle, mais à une condition…

— Laquelle ?

— Que tu ne pleures pas.

— Pourquoi ?

— Quand tu pleures, je suis complètement per-due. Tu comprends ?

Je ne comprenais pas tout à fait, mais je répon-dis oui pour ne pas lui compliquer la vie. Ensuite je me mis à parler de Marika. Pour une fois, je me laissai aller à dire tout ce qui me passait par la tête, et la Petite m'écouta patiemment jusqu'à la fin, même lorsque je racontais des choses qu'elle savait déjà. Au fond, c'est à moi-même que je parlais. Comme on assemble les pièces d'un puzzle, j'essayais de trouver un sens à tout ce qui m'était arrivé pendant l'été, je veux dire les traces de pas, les *MILLE ET UNE NUITS*, l'inutilité (et la futilité) de mes efforts pour voir Marika, l'apparition de celle-ci puis de son voilier au milieu du brouillard, le rêve d'amour, mes problèmes d'écriture…

Si je fus incapable de trouver la signification globale de ces divers événements, du moins mon envie de pleurer diminua et je me sentis plus calme. Et puis une question fit peu à peu son chemin à travers les brumes de mon cerveau. Je la repoussai d'abord mais elle se fit de plus en plus insistante et je fus bien obligé de la prendre en considération. Je fronçai les sourcils et la Petite le remarqua.

— Qu'est-ce qui ne va pas ? demanda-t-elle.

— Je me demande si Marika existe vraiment, dis-je.

— Quoi ? fit-elle.

— Peut-être qu'elle n'existe pas, dis-je. Après tout, je ne suis pas absolument sûr de l'avoir vue.

Tout en parlant, je ne quittais pas des yeux le visage de la Petite. Je voulais voir comment elle allait réagir. J'espérais de tout mon cœur qu'elle proteste avec énergie et qu'elle dise que mon idée était stupide puisqu'elle-même l'avait vue plusieurs fois. Mais au lieu de cela, elle baissa la tête et je ne vis plus qu'une lourde mèche de cheveux tombant sur son visage. Quand Chagrin monta de nouveau sur la table, elle le laissa manger tout ce qui restait dans son assiette, puis elle demanda :

— Mais… tu as bien vu son sac de couchage et ses affaires dans la caverne ?

— Oui, dis-je.

— Et tu as bien vu le voilier ?

— Oui.

— Ton petit frère, il a bien vu Marika et il lui a parlé ?

— C'est ce qu'il a dit.

Il se pouvait que mon frère ait inventé des choses pour me faire plaisir ou pour me rassurer, mais la Petite ne me donna pas le temps d'énoncer cette possibilité. Elle avait retrouvé une partie de son agressivité habituelle et posait des questions à la vitesse d'une mitrailleuse.

— Et c'était la même femme que tu avais vue le soir où il y avait ce fameux brouillard sur le fleuve ?

— C'est ce que j'ai pensé, dis-je, mais il est possible que je me sois trompé.

— Mais tu ne t'es pas trompé quand tu as vu son nom dans l'album des *MILLE ET UNE NUITS*, n'est-ce pas ?

— C'est vrai, mais...

J'allais dire que ce n'était pas une preuve, l'album pouvant appartenir à quelqu'un d'autre, mais je n'avais pas très envie de discuter. Je cherchais plutôt à comprendre. Et il me venait une deuxième idée, encore imprécise, que je n'arrivais pas à mettre en mots. Je me sentais vieux et fatigué. Pourquoi en vieillissant était-il si difficile de trouver les mots ?

La deuxième idée ne se précisa qu'en fin de soirée, à la faveur de l'obscurité, comme si elle avait honte d'elle-même. Dans ma tête, je la formulais à peu près comme ceci : Marika n'existait pas vraiment, elle n'était que la projection d'un désir, une partie de moi-même, ma moitié féminine, ma douce moitié.

Secrètement, au fond de moi-même, il y avait quelque chose dans cette idée un peu étrange qui me convenait, et même qui me plaisait infiniment, mais c'était le genre d'idées qui paraît absurde quand vous essayez de l'expliquer à quelqu'un, alors je me gardai bien d'en faire part à la Petite. De toute manière, elle n'était pas là. Elle était allée dans la chambre de mon frère à l'étage, me laissant seul dans la cuisine avec Chagrin.

Quand je montai la voir pour lui souhaiter bonne nuit, je la trouvai en train de lire, bien à l'abri comme la nuit précédente derrière un rempart de livres. Je vis qu'elle lisait *Le Grand Meaulnes*.

— Bonsoir, dis-je, m'arrêtant sur le seuil.

— Bonsoir, dit-elle.

Il y avait de la brume dans sa voix, encore plus faible et enrouée que de coutume, et son regard était un peu voilé. Elle était comme enveloppée par la mélancolie de l'histoire qu'elle lisait, alors j'esquissai un mouvement de retraite.

— Tu peux venir, dit-elle doucement.

Elle déplaça quelques livres et me fit signe de m'asseoir sur le pied du lit, puis elle se redressa, calant son dos contre les oreillers. Elle avait quelque chose de changé, elle paraissait plus âgée et je n'arrivais pas à voir si c'était à cause de la chemise de nuit. Je peux me tromper mais je crois bien que c'était la première fois qu'elle portait une chemise de nuit au lieu d'un tee-shirt. C'était une chemise de nuit bleu pâle qu'il me semblait avoir déjà vue quelque part ; elle avait peut-être appartenu à ma sœur.

— As-tu trouvé ce que tu cherchais ? demanda-t-elle.

— Non, dis-je, mais ça ne fait rien. Parfois les réponses ne veulent pas venir. Parfois on ne trouve que des questions.

— As-tu encore de la peine ?

— Un peu.

— Qu'est-ce que tu vas faire ?

— Je vais faire comme j'avais dit : je vais essayer d'écrire la plus belle histoire d'amour qui ait jamais été écrite.

La Petite se mit à sourire.

— Et les questions dont tu viens de parler, tu vas les mettre dans ton histoire ? demanda-t-elle.

— Bien sûr, dis-je.

Elle penchait la tête de côté et son sourire était vraiment très doux. Quand elle se mettait à être douce, cette fille tourmentée et agressive, c'était quelque chose à voir. Tout à coup, le vieux Chagrin arriva de la cuisine, suivi de la petite chatte blanche et des trois chatons, qui s'étaient décidés à sortir de la cave. Ils grimpèrent tous sur le lit, s'installèrent au milieu des livres et se mirent à ronronner en chœur.

— Et les chats, tu vas les mettre aussi dans ton histoire ? demanda-t-elle en souriant.

— Peut-être, dis-je.

— Tu devrais mettre aussi des chansons et des livres et beaucoup de chaleur.

— D'accord.

— Ce sera une très belle histoire, dit-elle.

— Je l'espère, dis-je. Et toi, qu'est-ce que tu vas faire ?

Il y avait un moment que je voulais lui poser cette question, mais je n'avais pas encore osé.

— Moi ? fit-elle.

— Oui.

— Ce que j'aimerais, dit-elle, c'est rester ici. Je voudrais rester ici dans la vieille maison. Et je voudrais... Elle cherchait ses mots. Elle eut un geste d'impatience et brusquement elle lâcha : Adopte-moi !

— Pardon ? dis-je.

Je n'étais pas sûr d'avoir bien compris.

— Adopte-moi, reprit-elle. Je voudrais rester ici avec toi et les animaux…

Je ne voulais pas le laisser voir, mais ce qu'elle venait de dire me dépassait complètement et j'étais assailli par une foule de questions. Est-ce que la vieille maison allait tenir le coup pendant l'hiver ? Est-ce que la fournaise à mazout allait suffire à chauffer la maison pendant les grands froids de janvier et février ? Comment faire pour déneiger le sentier de la falaise ? Est-ce que j'allais être capable de m'occuper de la Petite, de la consoler quand elle serait malheureuse ? Est-ce que sa présence n'allait pas m'empêcher d'écrire ? M'empêcher de sortir ? D'aller jouer au tennis ?

— Tu ne veux pas ? demanda-t-elle.

— Bien sûr que je veux, dis-je d'une voix aussi résolue que possible.

— Alors écris-le, dit-elle.

— D'accord, dis-je. Je regardai partout dans la chambre. Il n'y a rien pour écrire.

— Allons voir au grenier, dit-elle.

Je m'engageai le premier dans l'escalier et la Petite me suivit dans sa chemise de nuit bleue, et derrière elle venaient en procession le vieux Chagrin, la chatte blanche et les trois petits chats. Pendant que je montais, deux ou trois autres questions vinrent me harceler, mais en revanche je trouvai une solution aux problèmes de chauffage et de déneigement. Et puis je me disais que si mon père avait toujours habité la maison pendant l'hiver et avait pu résoudre tous les problèmes, j'étais capable d'en faire autant. De plus, il y avait Bungalow qui pouvait me donner un coup de main, pour la maison et pour la Petite.

Au grenier, j'allumai la lampe de bureau. La Petite et les chats entrèrent et se mirent autour de moi pendant que je sortais de la boîte à pain un stylo et le bloc de feuilles quadrillées sur lequel j'avais l'habitude de noter des idées pour mon histoire.

Je cherchai une formule spéciale, quelque chose qui aurait eu un caractère officiel, mais je ne trouvai rien de satisfaisant, alors je me contentai d'écrire CHÈRE PETITE, JE T'ADOPTE sur une feuille, et au bas j'inscrivis le lieu, la date et ma signature. La Petite lisait par-dessus mon épaule. Après avoir plié ma feuille, je la mis dans une enveloppe que je lui donnai.

— Merci, dit-elle simplement.

Elle nous fit signe de venir avec elle et, l'enveloppe à la main, elle descendit l'escalier et tout le monde la suivit, les chats d'abord et moi ensuite, jusqu'au rez-de-chaussée. Elle entra dans la petite chambre et ouvrit le coffre aux ferrures dorées. Nous étions tous autour d'elle lorsque, après avoir cacheté l'enveloppe, elle la déposa silencieusement dans le vieux coffre. Les chats et moi nous la regardions faire, immobiles et admiratifs, et je ne sais pas s'ils voyaient la même chose que moi, mais la lumière douce et bleutée qui éclairait son visage me chavirait le cœur.

TABLE

BABEL

Extrait du catalogue

COÉDITION ACTES SUD – LEMÉAC

Ouvrage réalisé par les Ateliers graphiques Actes Sud. Achevé d'imprimer en novembre 2007 sur les presses de Marquis Imprimeur Inc., pour le compte de Leméac Éditeur, Montréal. Nº d'éditeur : 1790. Dépôt légal, 1re édition : juin 1995 (Éd. : 01 / Imp. 08)